s.mo verlag

www.verlagsmo.de

Impressum

Text: Herbert Wirtz
Lektorat: Silke Kranz
Umschlag: Stephan Moll
Fotos: Benno Wundshammer
www.bpk-bildagentur.de

Verlag: Stephan Moll Verlag
Burg Ramstein
D-54306 Kordel
info@verlag-smo.de
www.verlagsmo.de

ISBN 978-3-947470-24-2

Bibliografische Information der deutschen Nationalbibliothek. Die Deutsche National-bibliothek verzeichnet diese Publikation in der Deutschen Nationalbibliografie; detaillierte bibliografische Daten sind im Internet über http://dnb.d-nb.de abrufbar.

Herbert Wirtz

Vom Märchenbuch zur Panzerfaust

Jugenderlebnisse eines Eifler Zeitzeugen in den 30er und 40er Jahren

Vorwort

Diese Aufzeichnungen widme ich meinem Kameraden Philipp Lottermann, der am 23.12.1944 während der Ardennenoffensive in unserem gemeinsamen Schützenloch von einem Granatsplitter der eigenen Artillerie, die zu kurz geschossen hatte, ins Herz getroffen wurde und in meinen Armen gestorben ist, aber auch den vielen anderen jungen Kameraden aus meiner Einheit und aus meinem Heimatdorf, die während dieser Offensive auf Befehl einer mörderischen Diktatur ihr Leben lassen mussten. Ich denke auch an diejenigen, die es überlebt haben. Viele von uns haben ihre Erlebnisse bis heute oder bis zu ihrem Tode nicht verarbeitet, weil wir viel zu jung waren für das, was wir taten, tun mussten und erlebten.

Der Abstand zu dieser Zeit wird immer größer,
Zeitzeugen gibt es nur noch wenige,
vergessen sollte man es jedoch nie!

So fing es an

1927 geboren war ich sechs Jahre alt, als die Nationalsozialisten die Regierung in unserem Heimatland übernahmen. Nach Ostern 1934 wurde ich in der einklassigen Volksschule unseres kleinen Eifeldorfes eingeschult und besuchte diese bis Ostern 1942. Die Schule hatte nur einen Klassenraum, in dem alle acht Klassen unterrichtet wurden. Zu Beginn meiner Schulzeit in der katholischen Volksschule hing zwar noch ein Kruzifix über der Eingangstür zum Klassenraum, an exponierter Stelle hing jedoch auch schon ein großes Bild des Führers und Reichskanzlers. Als erste Übung der ABC-Schützen mussten wir Geburtstag und Geburtsort Adolf Hitlers auswendig lernen. Unser erster Lehrer war schon ein älterer Herr, der sich auch in späteren Jahren nicht mehr als unbedingt notwendig an nationalsozialistischen Veranstaltungen beteiligte. Der Lehrplan war jedoch so aufgestellt, dass uns von

Anfang an das Gedankengut der Nazis vermittelt wurde.

Zu unserer Schule gehörte ein kleiner Schulgarten, in dem viele heimische Pflanzen und Kräuter wuchsen. Dieser Garten wurde abwechselnd von einigen Klassen im Rahmen des Naturkunde-Unterrichts gepflegt. Ab dem Frühjahr 1941 wurde der Aufwuchs in diesem Garten durch Maulbeersträucher ersetzt, die als Futter für Seidenraupen dienten. Aus den Kokons der Seidenraupe sollten Fäden für Seidenstoffe gewonnen werden. Uns Kindern erzählte man, diese Stoffe würden dringend für die Herstellung von Fallschirmen für unsere Soldaten gebaucht.

Im Herbst des gleichen und in den folgenden Jahren wurden wir Kinder aufgefordert, in unserer Freizeit die bei der Getreideernte auf den Roggen- und Weizenfeldern abgefallenen Ähren zu sammeln. Diese Sammelaktionen wurden auch manchmal mit allen Klassen anstelle von Sportunterricht durchgeführt. Die gesammelten Ähren wurden ausgedroschen und die Körner an eine bestimmte Mühle abgeliefert, sie sollten zur Sicherstellung der Volksernährung beitragen.

Schon früh mussten wir als Kinder bei unseren Eltern, aber auch bei anderen Familien, wo die Söhne beim Militär waren, in Haus und Feld bei der Arbeit mithelfen. Die Arbeit der jüngeren Kinder war vom Frühjahr bis zum Herbst das Viehhüten. Außerdem mussten wir schon in jungen Jahren bei der Heu-, Getreide-, Rüben- und Kartoffelernte mithelfen. Alle diese Arbeiten wurden damals noch in Handarbeit gemacht. Außer einer durch Pferde oder Ochsen gezogenen Mähmaschine gab es in unserem Dorf noch keinerlei Hilfsmittel. Aber auch diese Mähmaschine konnte in dem hügeligen Gelände nur begrenzt eingesetzt werden. Der größte Teil der Heu- und Getreideernte musste immer noch mit der Handsense abgemäht und bis zum Einbringen von Hand weiter bearbeitet werden.

Während meiner Volksschulzeit habe ich auch einige Jahre die Tageszeitung ausgetragen. Von der

Druckerei in Trier wurden die Zeitungspakete durch einen Mitarbeiter mit dem Frühzug auf der Eifelstrecke verteilt. Dieser gab die Pakete für den Ort und für das Umland an jedem Bahnhof oder jeder Haltestelle aus dem Zug, wo sie dann von den Zeitungsboten abgeholt wurden. Für unser Dorf bestand eine besondere Vereinbarung. Da bei uns kein Bahnhof war, der Zug also nicht anhielt, warf der Zeitungsverteiler das Zeitungspaket am Bahnübergang, der in der Nähe unseres Hauses war, aus dem Fenster des fahrenden Zuges. Das Zeitungspaket, das immer gut verpackt war, landete in der Regel in der Wiese neben der Straße und war auch nicht sehr umfangreich, da sich nur wenige Leute unseres Dorfes die Zeitung leisten konnten. Fast alle Lokführer des dampflokbespannten Personenzuges kannten diese Stellen und fuhren dort noch etwas langsamer, sodass das Zeitungspaket fast immer unbeschädigt blieb. Probleme gab es bei dieser Belieferung nur, wenn die Kyll Hochwasser führte und das Wasser dann bis fast an die Bahngleise stand, oder im Winter bei Matschschnee. Es musste allerdings an jedem Werktagmorgen einer unserer Familie um 7.30 Uhr am Bahnübergang sein, um das Paket sofort aufzunehmen. Für den Zeitungsboten war immer ein Freiexemplar im Paket, die wenigen anderen Exemplare wurden vor Schulbeginn noch schnell ausgetragen. Wenn die Zeitung in der eigenen Familie gelesen war, wurde sie in der Nachbarschaft ausgeliehen. Nach Rückkunft landete dann ein Teil in passende Stücke geschnitten an einem stillen Örtchen. Luxus wie Toilettenpapier war weitgehend unbekannt, die meisten Familien konnten es sich auch nicht leisten...

Ab der vierten Klasse, also ab dem zehnten Lebensjahr, wurden wir automatisch in die Jugendorganisation „Jungvolk“ übernommen. Braunhemd und schwarzes Halstuch war unsere Dienstkleidung.

Meine Eltern, beide römisch-katholisch und praktizierende Christen, konnten sich mit dem nationalsozialistischen Gedankengut nicht anfreunden. Vater wurde nie Mitglied einer NS-Organisation, trotzdem war er sehr am Zeitgeschehen interessiert. Etwa ab

1939 hatten wir unser erstes Radio, einen schwarzen, sogenannten Volksempfänger. Wenn er funktionierte, wurden manchmal mehrmals täglich die Nachrichten gehört. Die Sendungen, die das Kriegsgeschehen betrafen, waren teilweise bewusst falsch, zumindest aber geschönt. Es kam deshalb auch vor, dass wir aus dem Zimmer gehen mussten, dann hörte Vater einen feindlichen Sender, der aktuelle und wahre Berichte über das Kriegsgeschehen brachte. Das Abhören dieser Sender war jedoch strengstens verboten. Uns Kindern ließen unsere Eltern die Freiheit, uns an den NS-Veranstaltungen mit den andern Kindern zu beteiligen.

In der ersten Zeit der Zugehörigkeit zum Jungvolk standen bei den regelmäßigen Zusammenkünften, die von älteren Jugendlichen, Mitgliedern der Hitlerjugend, geleitet wurden, nur Sport und Spiele auf dem Dienstplan. In dieser Zeit machte das uns Kindern noch viel Spaß. Mit 13 oder 14 Jahren wurden wir dann automatisch in die Nachfolgeorganisation „Hitlerjugend“ übernommen. Bei diesen Zusammenkünften ging der sportliche Teil dann schon in regelrechten militärischen Drill über. „In Dreierreihen antreten, rechts um, im Gleichschritt marsch!“ oder „Im Laufschritt marsch, marsch, hinlegen, auf, marsch, marsch, Fliegerdeckung!“, so lauteten die Kommandos. Bei Zusammenkünften, die im Saal stattfanden, wurde uns nationalsozialistisches Gedankengut vermittelt und es wurden Marschlieder geübt. Die Teilnahme an diesen Veranstaltungen war Pflicht. Nach Beginn des Zweiten Weltkrieges wurde uns immer wieder erzählt, Deutschland müsse sich gegen die Bedrohung aus dem Osten wehren, der Krieg sei uns aufgezwungen worden. In unserer jugendlichen Verblendung glaubten wir manchmal diesen Jugendverführern mehr als unseren eigenen Eltern.

Schon im letzten Schuljahr, aber erst recht nach der Schulentlassung, besuchten diese Zusammenkünfte immer wieder Werber verschiedener Waffengattungen und der SS, die uns aufforderten, uns freiwillig zur Waffen-SS oder zur Wehrmacht zu melden. Da diese Werber, die in schmucken Uniformen, zum Teil mit Orden dekoriert auftraten, verfehlten die Auftritte bei uns Jugendlichen ihre Wirkung nicht. In unserem kleinen Dorf, wo jeder jeden kannte, wollte natürlich keiner von uns Jungen zurückstehen. Wer nicht bereit war, sich freiwillig zu melden, wurde der Feigheit bezichtigt. Auf Grund meiner damaligen Körpergröße, 1,91 Meter, wurde ich immer wieder aufgefordert, mich zur Waffen-SS zu melden. Für die Meldung als Kriegsfreiwilliger war jedoch damals noch die Unterschrift des Erziehungsberechtigten, meines Vaters, erforderlich. Trotz wiederholtem Bitten war mein Vater nicht bereit, mir seine Unterschrift zu geben.

Als ich mich dann später zur Kriegsmarine meldete, unterschrieb er mir diese Meldung wohl nur, um mich von der Waffen-SS fernzuhalten. Dafür bin ich ihm heute noch dankbar. Bei der anschließenden Musterung war ich tauglich 1 für U-Boote und bekam den Annahmeschein. Wer zu dieser Zeit einen

Annahmeschein zu einer bestimmten Waffengattung hatte, wurde auch zu dieser einberufen. Später wurden die Annahmescheine bei Besuchen der SS-Werber nicht mehr anerkannt, auch die Unterschrift des Erziehungsberechtigten war nicht mehr notwendig. Die Jugendlichen wurden einfach einer bestimmten Einheit zugewiesen. Im März

Ausbildung

1944 wurde ich als Sechzehnjähriger zur Ableistung einer dreimonatigen Dienstzeit zum Reichsarbeitsdienst nach Ibersheim am Rhein einberufen. Das Lager der RAD Abteilung war außerhalb des Ortes auf einem weitläufigen Gelände aufgebaut und bestand aus zwölf Einzelbaracken, die um einen großen, freien Platz angeordnet waren. Dieser Platz, der einen Durchmesser von über hundert Metern hatte, war Apell- und Exerzierplatz der Abteilung. Seit Beginn des Krieges wurden die Arbeitsdiensteinheiten nur noch für militärische Arbeiten eingesetzt. Im letzten Kriegsjahr war es nur eine paramilitärische Ausbildungseinheit. Jeder Arbeitsmann hatte zwar noch einen Spaten, der aber nur noch für Exerzierübungen gebraucht wurde. In den Wohnbaracken waren wir mit je acht Mann auf einer Stube untergebracht. Diese Zimmer waren mit vier zweistöckigen Feldbetten, vier doppelten Spinden, einem großen Tisch und neun Stühlen ausgestattet. Einer der Kameraden wurde als Stubenältester bestimmt, er war für Ordnung und Sauberkeit im Zimmer verantwortlich und musste, wenn ein Vorgesetzter die Stube betrat, diesem Meldung machen. Nach der Einkleidung wurde als erstes Bettenbauen und Spindordnung geübt.

Ich wurde wegen meiner Körpergröße der ersten Gruppe des ersten Zuges zugeteilt. Unser Zugführer war ein Feldmeister, ein ehemaliger Soldat, der im Krieg verwundet wurde und ein Auge verloren hatte. Er hatte einen schönen Namen, dem er jedoch in keiner Weise Ehre machte. Er war ein richtiger

Schleifer. Wenn der Zugführer die Ausbildung leitete, ließ er uns öfters auf einer gepflasterten Straße im Ort Spatengriffe üben. Wenn diese Übungen dann einwandfrei klappten und das Aufschlagen der Spaten auf das Kopfsteinpflaster sich wie ein einziger Knall anhörte, dann grinste er über das ganze Gesicht und die weitere Ausbildung war auch erträglich. Das war aber nicht immer der Fall. Wenn sich das Aufschlagen der Spaten wie ein Stoß aus einem Maschinengewehr anhörte, dann floss der Schweiß in Strömen, ehe er aufhörte. Die schmierigsten Stellen in den Rheinauen waren dann sein bevorzugtes Übungsgelände. Verschwitzt und verdreckt auf dem Heimweg zur Abteilung mussten wir dann noch regelmäßig Marschlieder singen.

Einen großen Teil der Ausbildung nahm auch der theoretische Unterricht ein. Nazi Gedankengut, Marschlieder und die Ausbildung an Waffen von der Pistole bis zur Panzerfaust standen dann auf dem Dienstplan. Während einer solchen Unterrichtstunde besuchte uns auch einmal ein Werber der Waffen-

SS. Einige Kameraden, die noch keinen Annahmeschein für eine andere Waffengattung hatten, ließen sich überreden und unterschrieben die freiwillige Meldung. Bei knapper Verpflegung, viel Sport, Feldübungen und Waffenkunde verging die Dienstzeit dann doch sehr schnell. Anfang Juni 1944 wurde ich aus dem RAD nach Hause entlassen.

In den zwei Wochen bis zur Einberufung zur Marine ereignete sich folgender Vorfall: Großvater, der bei uns im Hause wohnte, und ich standen bei schönem Frühlingswetter vor unserem Haus und unterhielten uns, als ein als Flieger bekleideter Mann die Dorfstraße in Richtung auf unser Haus zukam. Wir hielten den Mann an und nahmen ihn mit ins Haus. An seiner Kleidung erkannten wir, dass es sich nur um einen amerikanischen Flieger handeln konnte, dessen Flugzeug vor Tagen in der Nähe unseres Dorfes abgeschossen worden war. Die Verständigung mit dem Flieger war sehr schlecht, da er nur Englisch sprach. Mit Zeichensprache wurde aber schnell klar, dass er Hunger und Durst hatte. Mutter machte ihm eine Tasse Kaffee und ein großes Butterbrot, was er gerne annahm. Um die Mittagszeit kam Vater nach Hause. Er war als Hilfspolizist bestellt und hatte als solcher auch einen Karabiner als Waffe, den er im seinem Schlafzimmer im Kleiderschrank eingeschlossen hatte. Er tastete den Mann nach Waffen ab, schulterte sein Gewehr und brachte den Gefangenen zu Fuß zur nächsten Polizeistation. Einige junge SA-Leute, die den Gefangenen übernehmen wollten, wies er ab, wohl weil damals schon bekannt war, dass im Südkreis ein feindlicher Flieger schwer misshandelt worden war.

Mitte des Monats bereits erhielt ich die Einberufung zur Marine-Lehrabteilung nach Büsum in Schleswig Holstein. Dieser Einberufung war natürlich eine Fahrkarte für die Deutsche Reichsbahn beigefügt. Um rechtzeitig am Gestellungsort anzukommen, musste ich schon früh ab dem Bahnhof Densborn losfahren. Der Abschied von meinen Eltern und Geschwistern ist mir nicht leicht gefallen und verlief nicht ohne Tränen. Vor allem Mutter wollte mich nicht loslassen. Es hätte ja auch für mich, wie für so viele meiner jungen Kameraden, der letzte Abschied sein können, denn zu diesem Zeitpunkt waren schon mehrere junge Soldaten aus unserem Bekanntenkreis gefallen. Im Bahnhof in Köln, wo ich Richtung Hamburg umsteigen musste, traf ich die ersten gleichaltrigen Jungen, die dasselbe Ziel hatten. Nun wurde die Fahrt nicht langweilig. Nachdem wir uns gegenseitig bekannt gemacht hatten, tauschten wir unsere Erwartungen aus über das, was uns wohl erwartete. Die meisten von uns träumten von Schiffen und blauem Meer. Rechtzeitig, bereits vor der angegebenen Zeit, erreichten wir Büsum.

Die Marine-Lehrabteilung war außerhalb des Ortes angesiedelt und bestand aus mindestens zwanzig mittleren und größeren Holzbauten. Das weitläufige Gelände war vollständig mit einem ungefähr zwei Meter hohen Zaun umgeben und konnte nur durch zwei bewachte Tore betreten werden. An Tor eins wurden wir von dem Wachhabenden empfangen und zu einem Schulungsraum neben der Schreibstube geführt. Als alle Einberufenen des Tages eingetroffen waren, unsere Namen waren dort bereits bekannt, wurden wir von einem Offizier begrüßt und in unsere Unterkunft eingewiesen. Die große Mannschaftsbaracke hatte einen breiten Flur. Auf der rechten Seite des Flures waren vier gleichgroße Mannschaftszimmer. Auf der linken Seite, gleich hinter der großen Eingangstür, lagen die Zimmer der Unteroffiziere und anschließend Wasch- und Toilettenräume. Die uns zugewiesene Stube war ein sauberer, heller Raum. Gegenüber der Tür war ein großes Doppelfenster. Die Einrichtung bestand aus einem großen Tisch, vier doppelstöckigen Betten, vier Spinden, je eine Hälfte für jeden, und neun Hockern. Auf jeder Bettstelle oder Koje, wie sie hier genannt wurden, lag eine flache Matratze, ein Kopfkeil, ein weißes Bettlaken, zwei Wolldecken und je ein blauweiß karierter Bezug für Kopfkeil und Wolldecken. Da ich das Bettenbauen noch aus der RAD-Zeit kannte, hatte ich mein Bett schnell bezugsfertig hergerichtet. Das richtige Bettenbauen haben wir später noch bis zum Erbrechen geübt.

Mit meiner damaligen Körpergröße wurde ich linker Flügelmann der ersten Gruppe des ersten Zuges. Schon bei der Einkleidung in den nächsten Tagen erlebten wir die erste Enttäuschung: Anstatt in Marineblau wurden wir gleich in Feldgrau eingekleidet. Lediglich an einem goldfarbenen Anker auf den Schulterklappen sah man, dass wir eine Marineeinheit waren. Mit den Schuhen gab es für einen Kameraden und für mich noch ein Problem, denn unsere Größe war in der Kleiderkammer nicht vorrätig. Wir mussten für eine Woche unsere eigenen Schuhe tragen. Nachdem dann alle eigekleidet waren, wurden wir zunächst einmal über das Tragen der und das Verhalten in Uniform unterwiesen. Als die Käppis dann alle richtig saßen, wurde das richtige Grüßen geübt. Zu dieser Zeit war auch bei der Wehrmacht schon der Hitlergruß eingeführt. Gruppenführer der ersten Gruppe war ein Obermaat. In den ersten Tagen während der Einweisung und Einkleidung war mit ihm einigermaßen auszukommen. Als nach etwa einer Woche der reguläre Dienst begann, lernten wir ihn erst richtig kennen. Er war ein Mann mittlerer Körpergröße und etwa vierzig Jahre alt. Vielleicht hatte er Minderwertigkeitskomplexe, sodass es sein Ego stärkte, wenn er uns, die Langen seiner ersten Gruppe, besonders striezte. Mir machte die Schleiferei wenig aus, da ich von Haus aus am elterlichen Tisch immer genug und gut zu essen hatte. Wenn auch schlank, war ich kräftig und körperliche Arbeit gewöhnt. Bei einigen meiner jungen Kameraden, die aus der Stadt kamen und in den letzten Kriegsjahren nur von der Zuteilung auf Lebensmittelkarten leben mussten, war das anders. Bei ihnen ging die Schleiferei manchmal bis zur Erschöpfung, sodass nicht selten heimlich Tränen flossen.

Die Verpflegung während der Ausbildung in Büsum war gut und ausreichend. Besonders überrascht wurden wir bei den gemeinsamen Mittagessen im großen Speisesaal. Das Essen wurde dort an weiß gedeckten Tischen in großen Schüsseln aufgetragen und war immer gut und reichlich. Wechselweise waren dafür immer einige Kameraden als Tischdienst eingeteilt. Wir acht Mann unserer Stube verstanden uns gut, bei Problemen half einer dem anderen. Der Tag begann von Montag bis Samstag mit dem Wecken um sechs Uhr am Morgen. Waschen, anziehen und Bettenbauen waren die nächsten Übungen. Wechselweise war einer von uns zum Kaffeeholen für die Stube bestimmt. Kahtreiner war zu der Zeit die übliche Kaffeesorte. Es war eine heiße, dunkle Brühe, die in einer großen Kanne ab halb sieben Uhr für jede Stube bei der Küche abgeholt werden musste. Es blieben zwanzig bis fündundzwanzig Minuten, um zu frühstücken. Kurz vor sieben ging im Flur die Trillerpfeife, das bedeutete Raustreten zum Morgenapell. Fast gleichzeitig flogen die Zimmertüren der Mannschaftstuben auf und alles stürmte hinaus. Einmal ging dabei sogar eine Glasscheibe der großen Eingangstür zu Bruch. Keiner wollte der Letzte sein beim Antreten. Nachzügler wurden immer mit Sonderarbeiten belohnt.

Waschräume und Toiletten waren dafür beliebte Objekte. Nachdem der Unteroffizier (UVD) vom Dienst festgestellt hatte, dass bei allen die Schuhe richtig zugeschnürt und sauber, die Knöpfe der Jacke alle zu waren und die Käppis richtig saßen, meldete er die Einheit an den Offizier vom Dienst. Nach einer kurzen Begrüßung wurde dann der Dienst für die einzelnen Gruppen oder Züge eingeteilt. Die Vormittage waren in den ersten Wochen überwiegend mit Exerzieren oder Felddienst ausgefüllt, während für die Nachmittage theoretischer Unterricht oder Reinigungsdienst angesetzt war .In der Theorie lernten wir schon bald die Waffen von der Pistole bis zum Maschinengewehr kennen. Die praktischen Übungen an diesen Waffen begannen erst, als fast jeder von uns die Einzelteile auswendig aufsagen konnte. Schießen im Gelände auf Pappkameraden oder auch auf dem Schießstand machte etwas mehr Spaß. Wer bei diesen Übungen die geforderten Ringe oder mehr erreichte, bekam frei und konnte abtreten. Nach etwa fünf Wochen durften wir am Wochenende zum ersten Mal das Gelände der Abteilung für ein paar Stunden verlassen. Die Ausgangszeit war bis 21 Uhr begrenzt. Bevor wir das Gelände verlassen durften, mussten wir uns beim UVD abmelden. Mit zwei Kameraden aus unserer Stube haben wir uns dann in der Stadt Büsum umgesehen. In einem Café, wo wir uns gemütlich zusammensetzten, konnten wir eine Tasse Kaffee und ein kleines Stück Kuchen kaufen. Mehr war ohne Lebensmittelkarte nicht zu haben. An einem Fotoladen kamen wir natürlich nicht vorbei, ohne hineinzugehen. Hier ließen wir uns einige Bilder in Uniform machen, die wir dann nach Hause schickten. Die paar Freistunden waren schnell vorbei. Rechtzeitig meldeten wir uns beim UVD vom Ausgang zurück. Die Hoffnung, nach der Grundausbildung doch noch zu einer richtigen Marineeinheit oder einem Schiff versetzt zu werden, schwand immer mehr, je länger die

Ausbildung dauerte. Auf Nachfragen erntete man nur ein Schulterzucken, oder die lakonische Antwort, die Marineinfanterie sei auch eine Marineeinheit. Mit Feld- und Schießübungen, die wenn unser Gruppenführer sie leitete nie ohne unnötige Schleiferei abgingen, verging die Zeit. Zum Schluss der Grundausbildung nahmen dann noch die Ausbildung mit Handgranaten, Haftladungen und Panzerfaust sowie das Ausheben von Schützenlöchern mit dem Feldspaten und Tarnübungen im Gelände einige Zeit in Anspruch. Nur einer aus unserer Gruppe, der aus einem Moselort stammte, bekam nach etwa sechs Wochen drei Tage Heimaturlaub. Seine Eltern hatten ein Weingut, er hatte versprochen, zwei Kisten Wein für die Führung mitzubringen. Auch zum Ende der Grundausbildung hatte sich das Verhalten unseres Gruppenführers nicht geändert. Wenn er einen schlechten Tag hatte und er auch noch UVD war, ließ er uns manchmal sogar nachts keine Ruhe. Dann mussten die Betten ausgeräumt werden und auf dem Flur wurde das Bettenbauen geübt. Wir liebten unseren Gruppenführer mittlerweile so sehr, dass wir ihm alles, nur nichts Gutes wünschten. Etwa um den 10. September war unsere Grundausbildung in Büsum beendet.

Schon Tage zuvor ging das Gerücht um, dass wir bald zu einer anderen Einheit verlegt werden sollten. In der Nacht zum 20. September 1944 wurde unsere Einheit dann in einen Güterzug verladen. Das Fahrtziel war uns nicht bekannt. Schweres Gerät wurde nicht verladen. Begleitet wurde der Transport von einem Offizier und zwei Unteroffizieren. Unser beliebter Gruppenführer war nicht dabei. Noch bei Dunkelheit setzte sich der Zug in Bewegung, wurde dann aber nach etwa einer Stunde Fahrt auf einem Nebengleis eines kleinen Bahnhofs abgestellt. Die Fahrt wurde erst bei Anbruch der Dunkelheit am Abend fortgesetzt. Diese Maßnahme war wegen der feindlichen Luftüberwachung notwendig. An der Fahrtrichtung erkannten wir nun, dass die Fahrt Richtung Osten ging. Wir erwarteten nun, dass wir als Ersatz für die Ostfront vorgesehen waren. Am Morgen des nächsten Tages erreichten wir Berlin-Ostbahnhof. Hier wurde unser Zug zwischen anderen Güterzügen auf dem Abstellbahnhof abgestellt. Bei Anbruch der Dunkelheit, kurz vor der geplanten Abfahrzeit, erlebten wir hier einen Luftangriff feindlicher Bomber. Wir suchten Schutz in den umliegenden Gebäuden. Der Angriff dauerte fast eine Stunde. Unser Zug und der Bahnhofsteil, wo wir abgestellt waren, wurden nicht beschädigt. Als alle wieder vollzählig an Bord waren, ging die Fahrt mit etwa zwei Stunden Verspätung weiter. Am frühen Vormittag des nächsten Tages erreichten wir dann unser Ziel, den Truppenübungsplatz Schiratz in Polen. Von der Entladestelle ging die Fahrt zu einem großen Gutshof, der am Rande des Truppenübungsplatzes lag. Durch ein breites Eingangstor, das mit hohen, schmiedeeisernen Torflügeln zu schließen war, fiel der Blick auf ein großes, herrschaftliches Gutshaus mit breiter Freitreppe. Hier residierte ein sogenannter Goldfasan, ein Nazi-Gutsverwalter, der in SA-Uniform mit viel Lametta behangen umherstolzierte. Er war uns jungen Soldaten unsympathisch, aber wir mussten ihn grüßen. Er seinerseits erwiderte den Gruß nur ganz selten. Rund um den großen Vorplatz war eine Reihe von Nebengebäuden angeordnet. Eines dieser Nebengebäude, wohl ein ehemaliges Gesindehaus, wurde uns als Unterkunft zugewiesen. Unsere Abteilung wurde auf verschiedene Truppenteile aufgeteilt. Meine Kompanie wurde geschlossen dem Volksgrenadierregiment 320 unterstellt. Der Traum von Wasser, Schiff und blauer Uniform war nun endgültig ausgeträumt. Unser neuer Kompanieführer, ein Oberleutnant und die Unteroffiziere waren ältere Kameraden, die schon Fronterfahrung hatten. Wir Grenadiere waren fast alle 17, 18 und 19 Jahre alt. Ich war mit noch 16 wohl einer der jüngsten. In dem Raum, der unserer Gruppe zugewiesen wurde, standen sechs doppelstöckige Feldbetten, ein Tisch und zwölf Hocker. Auf den Bettstellen lagen je ein prall gefüllter Strohsack als Matratze und drei grobe Wolldecken. Beheizt wurde der Raum mit einem schwarzen, gusseisernen Holzkohle-Ofen. In einem anderen größeren Nebengebäude waren die Schreibstube unserer Kompanie, die Küche und die Kleiderkammer untergebracht. Die Verpflegung auf der Herfahrt von Büsum war schon sehr dürftig, sodass wir alle Hunger hatten. Um die Mittagszeit gab es dann eine warme, aber ziemlich dünne Suppe und Verpflegung für den Abend und den anderen Morgen. In den ersten Tagen wurde unsere Ausrüstung für den bevorstehenden Winter ergänzt. Unser neuer Gruppenführer war ein Unteroffizier, etwa 30 Jahre alt, der nach einer Verwundung zu dieser Einheit versetzt worden war. Er war das Gegenteil von unserem Ausbilder während der Grundausbildung. Bei ihm gab es keine unnötige Schleiferei. Wir hatten schnell Vertrauen zu ihm gefasst und konnten uns mit allen Anliegen an ihn wenden. Der Kompanie-Feldwebel (Spieß) war ein Mann um die fünfzig, er hätte der Vater von uns jungen Soldaten sein können. So behandelte er uns auch. Er bot uns gleich an, dass wir ohne Scheu mit allen Problemen zu ihm kommen könnten. Am 3. Oktober 1944, meinem 17. Geburtstag, ließ er unsere Gruppe geschlossen zur Schreibstube rufen. Er gratulierte mir zum Geburtstag, gab mir ein ganzes Kommissbrot und jeder von uns bekam ein halbes Essgeschirr voll Rotwein. Dann sagte er: „Für heute Nachmittag habt ihr frei und könnt zusammen Geburtstag feiern.“ Das Kommissbrot wurde brüderlich aufgeteilt und da keiner von uns Alkohol gewöhnt war, tat der Rotwein bald seine Wirkung. Es wurde ein lustiger Nachmittag.

An einem Morgen beim Frühapell wurde die Frage gestellt: „Wer hat Pferdeverstand?“ Als sich keiner der Kameraden meldete, hob ich den Arm und wurde ohne Nachfragen zum Stalldienst befohlen. Meine Pferdekenntnisse waren allerdings sehr bescheiden. Ich hatte schon öfter ein Pferd am Halfter geführt, auch schon mal auf einem Reitpferd im Sattel gesessen, das war aber auch alles, was ich an Pferdeverstand aufweisen konnte. Da es Anfang Oktober in Polen schon ziemlich kalt war, dachte ich mir, dass es im Stall bei den Pferden nicht so kalt sei, denn unsere dünne Unterwäsche war für niedrige Temperaturen nicht geeignet. Im Übrigen glaubte ich, dass Pferde bei einem Fronteinsatz nicht unbedingt in der ersten Reihe eingesetzt würden. Guten Mutes machte ich mich auf den Weg zum Pferdestall und meldete mich beim Futtermeister zum Dienst. Mir wurden dann vier Pferde zugeteilt, die ich zu füttern und zu pflegen hatte. Vermutlich hatte man mir als Neuling die schwierigsten Tiere zugewiesen. Trotz immer wieder guter Ansprache kam ich nicht an sie heran. Sie gingen vorne und hinten hoch, schlugen aus und bissen nach mir. Ihr Futter konnte ich ihnen nur mit Hilfe einer langen Gabel geben. Obwohl ich von Jugend an zu Hause mit Tieren gut umgehen konnte, stieß ich hier an meine Grenzen. Die Pferde waren vermutlich durch rüde Behandlung so ängstlich, dass sie einen Fremden nicht an sich heran ließen. Nach Dienstschluss erzählte ich unserem Gruppenführer den Ablauf des Tages und bat ihn, mich wieder vom Stalldienst freizustellen.

Schon ab dem nächsten Tag konnte ich wieder am normalen Felddienst teilnehmen.

Unsere Gruppe wurde besonders als Panzerjäger mit Nahkampfwaffen ausgebildet. In dem weitläufigen Gelände des Truppenübungsplatzes wurden die Übungen an Panzerschreck, Panzerfaust und Haftladungen nun unter kriegsähnlichen Bedingungen theoretisch wie auch praktisch geübt. Zunächst lernten wir die Schützenlöcher mit dem Feldspaten auszuheben. Für die Bedienung des Panzerschrecks, auch Ofenrohr genannt, waren zwei Soldaten erforderlich. Schütze eins schleppte das Rohr und der Schütze zwei trug fünf Panzergranaten in einem Tragestell. Für diese Waffe musste ein Dreieckschützenloch ausgehoben werden, da das Rohr beim Abschuss eine starke Stichflamme nach hinten ausstieß. Die Handhabung dieser Waffen bedurfte schon einer längeren Übung, da sowohl Panzerschreck wie auch Panzerfaust nur mit primitiven Zielvorrichtungen ausgerüstet waren. Tagelange Schießübungen, auch mit scharfer Munition auf Panzerattrappen, waren notwendig.

Diese Ausbildung, die ohne unnötige Schleiferei ablief, machte manchmal sogar Spaß, wenn wir nicht ständig Hunger gehabt hätten. Die Verpflegung war derart mager, dass sich keiner von uns jungen Soldaten satt essen konnte. Aus der Feldküche gab es zwar täglich eine warme Suppe, die aber in Regel sehr dünn war, die Kaltverpflegung war auch immer knapp bemessen. Sich nebenbei etwas Essbares zu besorgen war auch kaum möglich. Etwas entfernt von den Wohngebäuden war ein Hühnerstall, in dem viele Legehennen gehalten wurden. Hier konnten wir bei entsprechender Vorsicht manchmal ein paar Eier ausleihen. Eines Tages sah ich, wie einer der Gutsarbeiter weiße Steckrüben für die Viehfütterung aus einer großen Rübenmiete holte. Ich wusste, dass man diese Rüben, wenn man sie abschälte, gut roh essen konnte. Mit einem Kameraden holten wir einige dieser Rüben als Zusatzverpflegung aus dieser Miete. Trotz äußerster Vorsicht hatte uns einer der

Arbeiter gesehen und uns beim Nazi-Gutsverwalter gemeldet. Dieser hätte die Rüben lieber an seine Schweine verfüttert, als dass er sie uns gönnte. Strafdienst, sogar die Drohung mit dem Kriegsgericht wegen Diebstahls von Volkseigentum war die Folge. Die Mutter der Kompanie, unser Spieß, hielt jedoch die Hand über uns, sodass weiter nichts passierte. Ein besonderer Festtag für die ganze Gruppe war es immer, wenn ein Päckchen mit Essbarem von zu Hause kam, was bei den Kameraden, die aus der Stadt kamen, sehr selten der Fall war. Deren Eltern, die nur die Lebensmittel, die es auf Karten gab, zur Verfügung hatten, konnten kaum etwas abgeben.

Anfang Dezember war dann die Ausbildung beendet. Seit Tagen herrschte eine rege Tätigkeit, man merkte, dass etwas in der Luft lag, aber keiner wusste etwas, bis am späten Nachmittag des dritten Dezembers die ganze Einheit mit allen Waffen und Geräten auf einen Güterzug verladen wurde. Die Verladearbeiten dauerten bis gegen Morgen. Dann fuhr der Zug noch einige Kilometer und wurde auf einem Nebengleis eines kleinen Bahnhofs abgestellt. Bis zu diesem Zeitpunkt konnten wir noch nicht erkennen, ob die Fahrt Richtung Osten oder Richtung Westen gehen sollte. Am Abend, kurz vor Anbruch der Dunkelheit, setzte sich der Zug, den wir tagsüber nur kurz verlassen durften, wieder in Bewegung. Die Lokomotive, die tagsüber nicht am Zug war, kam erst kurz vor der Abfahrt an und wurde dann erst angekuppelt. Erst in dieser Nacht erkannten wir an bekannten Namen auf den Schildern der Bahnhöfe, die wir durchfuhren, dass die Fahrt Richtung Westen ging. Wir waren alle erleichtert. Dass wir zu einem Fronteisatz unterwegs waren, war uns allen klar, aber wenn schon Front, dann lieber an die Westfront. Vor der Verladung hatten wir kalte Verpflegung für drei Tage empfangen, die auch wieder reichlich knapp bemessen war. Bei sparsamer Einteilung reichte sie gerade für zwei Tage. Auf den kleineren Bahnhöfen, wo wir tagsüber abgestellt waren, sollten wir den Zug nicht verlassen. Es gab also auch hier keine Möglichkeit, etwas Essbares zu beschaffen.

Ardennenoffensive

Gegen Mitternacht des dritten Tages seit der Verladung erreichten wir den Bahnhof Ehrang. Unser Zug wurde sofort an der Militärrampe zur Entladung bereitgestellt. Die Entladung des Zuges musste vor Tagesanbruch abgeschlossen sein. Es herrschte trübes Winterwetter, sodass die feindliche Luftaufklärung wenig aktiv war. So konnte unsere Einheit den Bereitstellungsraum um Trier ohne Zwischenfälle erreichen. Unsere Kompanie bezog ihr zugewiesenes Quartier in und um die neuapostolische Kirche im Biebertal. Endlich gab es auch noch einmal ein reichliches und gutes Essen aus der Gulaschkanone. Auch die Kaltverpflegung in den nächsten Tagen war zufriedenstellend. Das Essen wurde täglich nach Einbruch der Dunkelheit ins Tal geliefert. Einzelheiten über den zu erwartenden Einsatz waren selbst dem Kompanieführer zu diesem Zeitpunkt noch nicht bekannt. Die nächsten Tage bis Mitte Dezember verliefen ruhig, Pflege der Ausrüstung und Waffenreinigung war die einzige Beschäftigung. Bis am Nachmittag des 15. Dezembers die Kompanie zum Befehlsempfang befohlen wurde. Unser Kompanieführer, ein Oberleutnant, er war vielleicht 30 Jahre alt, erklärte uns, dass wir bei Anbruch der Dunkelheit zum Bereitstellungsraum an die Sauer aufbrechen müssten. Er selbst war auch erst einige Stunden vorher über Einzelheiten informiert worden. Entlang der ganzen Westgrenze sollte gleichzeitig der Gegenangriff gegen die alliierten Truppen beginnen, die in unserem Abschnitt seit längerem schon die Höhen gegenüber der Sauer besetzt hatten. Unser Kompaniechef, dem man die Besorgnis ansah, erklärte uns dann den geplanten Ablauf des Angriffs. Die eigene Artillerie sollte eine Stunde vor Beginn des Angriffes die feindlichen Stellungen und das Hinterland mit starkem Trommelfeuer belegen.

Während dieser Zeit sollten die Panzer und Panzerfahrzeuge in Bereitstellung fahren. Das Trommelfeuer sollte die Kettengeräusche der Panzerfahrzeuge übertönen, um den Gegner nicht zu warnen. Die Panzereinheit würde dann bei Angriffsbeginn unsere Einheit, die Infanterie, unterstützen. Auch unsere Luftwaffe sei gut aufgestellt und habe Unterstützung zugesagt. „Wenn alle diese Zusagen eingehalten werden, haben wir eine Chance“, sagte der Kompaniechef. Er schloss seine Anweisungen mit den Worten: „Gott helfe uns.“

Innerhalb einer Stunde musste die Kompanie feldmarschmäßig abmarschbereit sein. Kalte Verpflegung für zwei Tage und zusätzlich einige Täfelchen Schokolade wurden ausgegeben. Unserem Zug wurde als Ziel der Ort Wintersdorf zugewiesen. Dort sollten wir den angegebenen Zeitpunkt abwarten, aber noch bei Dunkelheit in Schlauchbooten die Sauer überqueren. Schon kurz nach Mitternacht erreichten wir den Bereitstellungsort. Es herrschte schmieriges, nasses Winterwetter mit Schnee. Der stundenlange Anmarsch hatte an den Kräften gezehrt, so waren wir froh, als wir in den Keller eines Hauses – es konnte die ehemalige Volksschule sein – eingewiesen wurden. Hier sollten wir den vorbereitenden Artilleriebeschuss und den Angriffsbeginn abwarten. In den meisten der frontnahen Dörfer war die Zivilbevölkerung seit längerem evakuiert. In dem uns zugewiesenen Keller fanden wir alle Platz, es war trocken und auch nicht so kalt wie draußen. Neben einem größeren Ofen fand ich auf den dort verlaufenden Rohren einen Sitzplatz. Hier versuchte ich nun nach dem anstrengenden Marsch ein Nickerchen zu halten. Ich bin von Hause aus katholisch erzogen und habe von meiner Mutter die Verehrung der Mutter Gottes gelernt. Sie bat ich immer um ihren Schutz. Deshalb hatte ich auch keine Angst vor dem, was uns bevorstand und ausnahmsweise auch keinen Hunger. Der Kellerraum war dunkel bis auf eine kleine Kerze in der Nähe der Tür. Den Kragen des Wintermantels hochgeschlagen bin ich fest eingeschlafen, bis mich dann nach fünf Uhr der beginnende Artilleriebeschuss aufweckte. Während wir weiter entfernt im nördlichen Frontbereich sehr starkes und anhaltendes Artilleriefeuer hörten, war der Beschuss in unserem Bereich wesentlich schwächer und auch nicht so anhaltend. Immer noch müde bin ich noch einmal eingenickt und habe gegen sieben Uhr den Abmarsch der Kameraden verpennt. Erst als der Gruppenführer seine Leute für die Boote einteilte, bemerkte er mein Fehlen, kam zurück und holte mich recht unsanft auf den Boden der Tatsachen zurück.

Mit den von Pionieren gesteuerten Schlauchboten verlief das Übersetzen problemlos. Als es gegen acht Uhr hell wurde, begann der Anstieg in Richtung der amerikanischen Stellungen auf der Anhöhe vor uns. Bis wir die ersten Stellungen der Amerikaner erreichten, war außer dem weiter vorverlegten eigenen Artilleriefeuer noch kein Schuss gefallen. Die amerikanischen Soldaten waren von dem starken Artilleriebeschuss und dem zu erwartenden Angriff derart überrascht, dass sie sich kopflos absetzten. Dabei sind sie zum Teil in den Einschlagbereich der Granaten gekommen und viele von ihnen sind gefallen. In den verlassenen Unterständen stand zum Teil das Frühstück noch auf dem Tisch und der Kaffee war noch warm. Ungeöffnete Päckchen mit Keksen und Dosen mit Cornedbeef standen herum. Diese Sachen sind dann aber schnell in unseren Brotbeuteln verschwunden. In einem anschließenden Wald fanden wir dann die ersten toten amerikanischen Soldaten, die schwere Verletzungen aufwiesen und zum Teil in den Pfützen der Fahrspuren des aufgeweichten Waldweges lagen. Es waren die ersten amerikanischen Soldaten überhaupt, die wir zu Gesicht bekamen. Sie waren bei ihrem plötzlichen Rückzug in das Granatfeuer unserer Artillerie geraten. Man musste schon fest auf die Zähne beißen, um diesen ersten Anblick zu verdauen. Einige etwas nervenschwache unserer jungen Kameraden standen dann anschließend an den Randbäumen des Weges und mussten sich übergeben. Ihre verwundeten Kameraden hatten die Amerikaner alle mit zurückgenommen, was an den Blutspuren im Schnee deutlich zu sehen war. Uns fiel besonders die gute Winterausrüstung der Gefallenen auf. Sie trugen alle wasserdichte Parka und Hosen und ihre Schuhe steckten in halbhohen Gummiüberschuhen. Während unsere Füße meistens nur mit Fußlappen umwickelt, in bereits völlig durchnässten Lederschuhen oder halbhohen Lederstiefeln (Knobelbecher) steckten.

Am ersten Tag des Angriffs kamen wir ohne Widerstand bis in die Nähe von Osweiler gut voran. Die einzelnen Stellungen der Amerikaner waren verlassen. Bei Anbruch der Dunkelheit richteten wir in einem Waldgebiet unser Lager für die Nacht ein. Mit zwischen den Bäumen aufgespannten Zeltplanen wurden notdürftige Unterkünfte geschaffen. Das Losungswort für die Nacht wurde bekanntgegeben und zwei Doppelposten ungefähr hundert Meter vor unserem Lager eingewiesen, die alle zwei Stunden abgelöst wurden. Wer nicht zur ersten Wache eigeteilt war, konnte sich zur Ruhe legen, sofern er ein trockenes Plätzchen fand. Bis auf zwei Stunden Wache verlief die Nacht ruhig. Gegen Morgen kamen von den feindlichen Linien vereinzelt Granatwerferfeuer auf, was aber so weit abseits lag, dass es uns nicht gefährdete.

Schon vor dem Morgengrauen wurde die Marschrichtung für den Tag bekanntgegeben. Unsere Einheit sollte weiter Richtung Osweiler/Dickweiler vorstoßen. Überraschend hörten wir plötzlich Kettengeräusche aus der Richtung, aus der wir gekommen waren. Es war ein Sturmgeschütz und ein leichter Panzer einer Nachbareinheit, die unseren Vorstoß unterstützen sollten. Wir freuten uns über die unerwartete Hilfe und begrüßten die Kameraden freudig. Die Freude war aber nicht von langer Dauer. Das Sturmgeschütz hatte bei dem vorbereitenden Beschuss in der Nacht fast alle Granaten verschossen und Nachschub war noch nicht eingetroffen. Als das Tageslicht am Sonntag, dem 17. Dezember, dann ausreichte, wurde der weitere Vormarsch befohlen. Sturmgeschütz und der leichte Panzer, der mit einem Maschinengewehr bestückt war, übernahmen die

Spitze. Einige Kilometer kamen wir auch gut voran. Südlich von Osweiler/Dickweiler bekamen wir dann aber heftiges Gewehrfeuer, sodass wir in Deckung gehen mussten. Bis zum Einbruch der Dunkelheit wurden wir noch in Nahkämpfe verwickelt. Dann zogen sich die Amerikaner in die Ortschaft zurück. Ein Kamerad war verwundet, er wurde in der Nacht zurückgebracht. Bis auf einzelnes Granatwerferfeuer, das aber keinen Schaden anrichtete, verlief auch diese Nacht ruhig. Bis auf kurze Feuergefechte kamen wir am 18. und 19. Dezember gut voran. Der Gegner hatte bis dahin anscheinend auch keine schweren Waffen zur Verfügung. Dann aber hatten sich die Amerikaner von ihrem Schrecken erholt. Ab dem 20. Dezember wurden wir im Bereich Rodenhof/Michelshof in heftige Nahkämpfe verwickelt. Dabei sind viele Kameraden gefallen und einige schwer verwundet worden. Am 21. und 22. Dezember konnten wir nur wenig Boden gewinnen, wir hatten alle Mühe, unsere bis dahin erreichte Stellung zu verteidigen. Unser Sturmgeschütz war uns keine große Hilfe, es durfte nur ab und zu einen Schuss abgeben, weil die Munition knapp war, aber auch der Sprit ging zur Neige. Von weiterer Unterstützung durch eigene Panzer oder durch die Luftwaffe war in unserem Abschnitt nichts zu sehen. Seit Angriffsbeginn war einmal am Abend kalte Verpflegung ausgegeben worden. Bis dahin hatten uns die erbeuteten Rationen aus den amerikanischen Stellungen über die Runden geholfen. Die waren aber jetzt auch aufgebraucht.

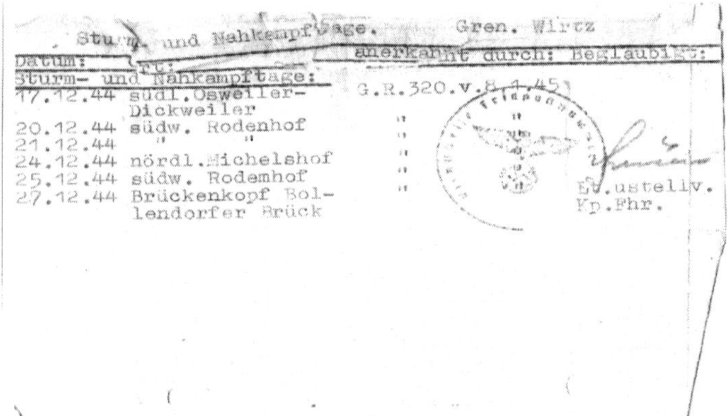

Sturm- und Nahkampftage. Gren. Wirtz

Datum:	Ort:	anerkannt durch:	Beglaubigt:
Sturm- und Nahkampftage:			
17.12.44	südl. Osweiler-Dickweiler	G.R. 320. v. 8.4.45	
20.12.44	südw. Rodenhof	"	
21.12.44	" "	"	
24.12.44	nördl. Michelshof	"	
25.12.44	südw. Rodemhof	"	
27.12.44	Brückenkopf Bollendorfer Brück	"	Ev. u. stellv. Kp. Fhr.

Im Morgengrauen des 23. Dezember wurde meine Gruppe, noch sechs Mann und ein Unteroffizier als Gruppenführer, zu einer Wegekreuzung in einem

Waldgebiet befohlen. Mit drei Panzerschreck bewaffnet sollten wir die vorgeschobene Sicherung gegen einen feindlichen Panzerangriff übernehmen. „Sofort eingraben!“ lautete der Befehl des Gruppenführers, als wir am Ziel ankamen. Meinem Kameraden Philipp, der einige Jahre älter war als ich, und mir wurde die Stellung rechts des Zufahrtweges in einem offenen Kiefernbestand zugewiesen. In dem leichten Sandboden hatten wir unser Schützenloch mit den Felspaten bald so tief ausgehoben, dass wir beide darin Deckung fanden. Die aufgeworfene Erde wurde noch schnell mit etwas Moos und ein paar Ästen getarnt. Damit war unsere Stellung fertig. Zwei Kameraden wurden links von uns, die beiden anderen rechts von uns eingewiesen. Diese brauchten länger, ehe sie ihre Schützenlöcher fertig hatten, weil dort schwierige Bodenverhältnisse waren. Am Rande der Wegekreuzung stand ein defekter amerikanischer Panzerspähwagen. Da es ruhig war, untersuchten wir diesen und fanden darin ein paar unbeschädigte Flaschen mit Wein. Eine Flasche nahmen wir mit zu unserer Stellung. Auf dem Rand des Schützenloches sitzend unterhielten wir uns und tranken ein paar Schlucke Wein, als wir plötzlich das Aufheulen einer Werferbatterie aus der eigenen rückwertigen Artilleriestellung hörten. Fast im gleichen Augenblick schlugen rings um uns die Granaten ein. Man sah nur noch Feuer. Gleichzeitig fielen wir in unser Schützenloch. Philipp, der rechts neben mir gesessen hatte, lag unten und ich auf ihm. Furchtbare Schreie aus den anderen beiden Stellungen ließen mich aufspringen. Zu Philipp sagte ich: „Steh auf, es ist vorbei!“ Er aber rührte sich nicht, er war sofort tot. Als ich ihn unterfasste und hochzog, hatte ich Blut an der linken Hand. Ein Granatsplitter hatte ihn mitten ins Herz getroffen. Die eigene Artillerie hatte zu kurz geschossen. Sein Grab, neben vielen anderen meines Geburtsjahrganges, habe ich in den späteren Nachkriegsjahren auf dem Soldatenfriedhof in Sandweiler in Luxemburg gefunden und ihn öfters dort besucht. In den beiden anderen Stellungen war ebenfalls je ein Kamerad tot und einer war schwer verwundet. Den Verwundeten versorgten wir so gut wie wir es konnten. Er wurde später von Sanitätern geborgen. Unser Gruppenführer, der im Graben neben dem Waldweg Deckung gefunden hatte, war nicht verwundet worden. Ich kann mich bis heute nicht erinnern, wie wir zu dritt, der Gruppenführer und wir zwei Soldaten, zum Gefechtsstand der Kompanie zurückkamen. Am Nachmittag dieses Tages erlebten wir dann in dem angrenzenden Wald einen starken Feuerüberfall feindlicher Granatwerfer. Dabei sind auch noch einige Kameraden gefallen und verwundet worden. Ich war in meinem Schützenloch mit abgeschossenen Ästen so zugedeckt, dass ich Mühe hatte, wieder rauszukommen.

Schon im Laufe des Vormittags des 24. Dezember 1944 wurden wir am Rande eines Walgebietes in der Nähe von Michelshof in ein Feuergefecht mit amerikanischen Infanteristen verwickelt. Wir konnten unsere Stellung aber halten und hatten keine Verluste. Im Laufe des Nachmittags zogen sich die Amerikaner dann zurück. Am Abend nach Einbruch der Dunkelheit konnten wir unsere Weihnachtsverpflegung empfangen. Da seit Tagen schon Schmalhans Küchenmeister war, hatten wir alle Hunger und hofften auf etwas Vernünftiges zu essen. Wir wurden aber bitter enttäuscht. Jeder erhielt zwei Dosen Ölsardinen und drei Rollen süßsaure Drops. Für ein Kommissbrot hätten wir alles gerne eingetauscht. Also bestand unser Essen am Heiligabend aus zwei Dosen eiskalten Ölsardinen und einer Rolle Drops als Nachtisch. Da es sehr kalt war und auch Schnee lag, zogen wir uns in der Nacht in ein einzelstehendes Bauernhaus zurück. Hier waren wir aber nicht die einzigen Gäste. Kameraden einer Nachbareinheit waren schon vor uns dort. Im Gewölbekeller dieses Hauses waren die Wintervorräte, Kartoffeln und Rüben, für Menschen und Tiere eingelagert. Jeder freie Platz war schon von einem Soldaten belegt. Auf einem Rübenhaufen dicht unter der Gewölbedecke fand ich noch so viel Platz, dass ich mich grade einschieben konnte. In meinen Mantel eingerollt, lag ich nicht gerade wie in einem Daunenbett, es war aber wenigstens trocken und nicht so eisig kalt. Ich hatte vielleicht eine halbe Stunde gelegen als sich das Gemisch, Ölsardinen und Drops, in meinem Magen bemerkbar machte. Alles Bemühen, das Gefühl zu unterdrücken, half nichts, ich musste raus. Es war nicht einfach, wieder aus dem dunklen Keller rauszufinden, ohne die anderen Kameraden, die im Gang lagen, zu stören. Gerade noch rechtzeitig, ehe die Unterhose in Mitleidenschaft gezogen wurde, schaffte ich es aus dem Keller. Neben einem in der Nähe stehenden Baum hockte ich mich in den Schnee. Durchfall, dünn wie Wasser, war die Folge dieses Essens. Meinen Schlafplatz aufzusuchen war zwecklos, kaum war ich im Kellereingang, musste ich schon wieder raus. Erst als der Morgen graute, hatte ich das Gefühl, dass nichts mehr im Magen war. In dieser Heiligen Nacht, wenn ich draußen im Schnee hockte, habe ich viel an meine Mutter gedacht und zur Mutter Gottes gebetet. Dann liefen mir auch ungewollt die Tränen über die Wangen. Wenn mich meine Mutter nicht schon als Kind das Beten gelehrt hätte - in dieser Heiligen Nacht hätte ich es gelernt.

Am nächsten Tag schon im Morgengrauen zogen wir uns auf unsere alte Stellung zurück. Südwestlich von Rodenhof trafen wir dann auf Widerstand und wurden in längere Nahkämpfe verwickelt. Auf beiden Seiten gab es auch hier Tote und Verwundete. Bis zum Morgengrauen des 27. Dezembers zogen wir uns dann in nordwestlicher Richtung zurück und übernahmen den Brückenkopf Bollendorfer-Brück. Hier fanden wir zum Teil ausgebaute Stellungen vor, wurden aber schon am ersten Tag mit einem feindlichen Spähtrupp in Nahkämpfe verwickelt. Am zweiten Abend erhielten wir hier zum ersten Mal seit über einer Woche warme Verpflegung. Der uns zugewiesene Abschnitt lag nordwestlich des Ortes, der Kompaniegefechtsstand war im Ort. Von dem unserer Gruppe zugewiesenen Erdbunker hatten wir eine gute Übersicht über das Vorgelände, sodass für die ständige Beobachtung ein Mann ausreichte. Zu unserer Stellung gehörte noch ein sogenannter Horchposten mit einem Ein-Mann-Schützenloch in einer Entfernung von etwa einhundert Metern vom Erdbunker, der durch einen Schützengraben zu erreichen war. Dieser Posten musste bei Dunkelheit auch ständig besetzt sein und wurde alle zwei Stunden abgelöst. Material und Verpflegung konnten wegen der feindlichen Luftüberwachung nur bei Dunkelheit am Gefechtsstand der Kompanie im Ort abgeholt werden. Für unseren Gefechtsstand waren ein Obergefreiter und drei Mann eingeteilt. Bewaffnet waren wir mit einem Panzerschreck, Schnellfeuergewehren und Handgranaten.

Am Abend des 30. oder 31. Dezembers war ich als Horchposten von acht bis zehn Uhr abends eingeteilt. Zwei Kameraden waren zum Verpflegungsempfang unterwegs zum Ort, einer musste am Hauptgefechtsstand bleiben. Gegen elf Uhr wurde ich langsam unruhig, da ich immer noch nicht abgelöst war. Es wurde zwölf Uhr, von meiner Ablösung hörte ich immer noch nichts. Weder ich noch der Kamerad am Hauptgefechtsstand durften ohne Befehl unsere Stände verlassen. Vor Kälte zitternd blieb mir doch nichts anderes übrig als zu warten. Gegen halb eins hörte ich dann ein Geräusch, das sich meinem Stand näherte. Auf meine Frage: „Losung?“ kam die richtige Antwort und ich erkannte auch die Stimme eines Kameraden. Auf meine ärgerliche Frage: „Warum werde ich jetzt erst abgelöst?“ erzählte er mir, dass beim Essenholen ein Unfall passiert sei. Der Wachposten am Kompaniegefechtsstand habe einen eigenen Kameraden, der Essen abholen sollte, erschossen. Die Unfalluntersuchung habe so lange gedauert. Ich war halb erfroren und hatte großen Hunger als ich gegen ein Uhr zu unserem Unterstand zurückkam. Die nur noch lauwarme Erbsensuppe und ein Kanten Brot schmeckten dennoch. Die Verpflegung war während der Zeit auf diesem Brückenkopf zufriedenstellend, fast täglich erhielten wir abends eine warme Suppe.

Die Stellungen der uns gegenüberliegenden Amerikaner konnte man von unserem Standort nicht einsehen. Gelegentlich versuchten sie jedoch, mit einem Spähtrupp an unsere Stellungen heran zu kommen, wurden aber immer wieder abgewiesen. Dabei kam es dann zu kurzen heftigen Gefechten, die wir ohne Verluste überstanden. Unsere Einheit wurde in der Nacht zum 3. Januar 1945 von diesem Brückenkopf zurückgezogen und neu aufgestellt. Die unserer Gruppe neu zugeteilten Kameraden waren fast alle auch nur 17 und 18 Jahre alt. Von unserer ursprünglichen Gruppe waren nur der Gruppenführer, ein weiterer Kamerad und ich übrig geblieben. Die neu aufgestellte Gruppe, wieder mit Gruppenführer und zwölf Mann, bezog in der Nacht zum 4. Januar einen Westwallbunker, einen sogenannten Mannschaftsbunker, in der Nähe von Minden an der Sauer. Das Dorf Minden war schon im September 1944 von amerikanischen Bombern angegriffen und überwiegend zerstört worden. Die Zivilbevölkerung war evakuiert. Der Bunker, den wir bezogen, bot genügend Platz für unsere Gruppe. Die Einrichtung bestand aus Hochbetten mit einem Drahtgeflecht als Matratze und sonstigem groben Mobiliar. Zu jeder

Bettstelle gehörten zwei grobe Wolldecken. Wir drei von der alten Gruppe waren froh, endlich nach über 14 Tagen noch mal ein Dach über dem Kopf zu haben und im Trocknen zu sein, denn es war kalt und draußen lag Schnee. Endlich kamen auch die nassen Schuhe nochmal von den Füßen und Schuhe und Fußlappen konnten getrocknet werden. Aus dem Bunker konnte man über schmale Schießscharten das Umfeld nur nach zwei Seiten beobachten, deshalb war befohlen, dass ständig ein Doppelposten draußen sein musste, der die Gegend beobachtete. Wegen der Kälte wurde dieser Posten jede Stunde gewechselt. Die ersten Außenwachen mussten natürlich die Neuzugänge übernehmen, weil diese noch trockene Klamotten hatten. In den ersten Tagen blieb es in unserem Bereich ziemlich ruhig. Einzelnes Störfeuer der feindlichen Artillerie, das weit abseits lag, störte uns nicht.

Die Verpflegung konnte nur bei Dunkelheit am Ortsrand von Minden empfangen werden. Hierzu wurden immer drei Mann abgestellt, die bewaffnet sein mussten. Am ersten Abend kamen sie mit einem Rodelschlitten, den sie im Dorfgefunden hatten zurück, auf den sie die Verpflegung für die Gruppe verladen hatten. Da ja noch Schnee lag, ließ sie sich so noch leicht transportieren. Dieser Schlitten stand tagsüber neben der Bunkertür und wurde, so lange noch Schnee lag, zum Essenabholen immer wieder benutzt. Für mich und den Kameraden aus der ersten Gruppe war in der wachefreien Zeit in den ersten beiden Tagen nur schlafen angesagt. In die Decken eingerollt störte uns nichts, wir hatten eine Menge nachzuholen. In den Kellern der verlassenen Bauernhäuser im Dorf waren die Wintervorräte für Menschen und Tiere, Kartoffeln und Rüben, eingelagert. An Lebewesen waren nur ein paar Hühner in einer Scheune anzutreffen. Wir haben nach den Eiern gesucht, haben aber keine gefunden, und die Hühner ließen sich auch nicht fangen. In einem Keller fanden wir neben Kartoffeln und Rüben auch zwei Fässchen mit Apfelwein (Viez), der musste natürlich probiert werden. Die Essenholer brachten dann am

Abend immer ein paar Krüge davon mit in den Bunker. Wenn ich zwei Trinkbecher davon getrunken hatte, wurde ich müde, andere wurden munter. Das Getränk hatte anscheinend ziemlich viel Alkohol, den kaum einer von uns gewöhnt war. Um die Ordnung im Bunker aufrecht zu erhalten, musste unser Unteroffizier das Getränk nach ein paar Tagen schon rationieren.

Ansonsten war das Leben in diesem Bunker recht langweilig. Lästig war natürlich, dass alle paar Stunden je zwei Mann auf den kalten Außenposten mussten. Wir versuchten den Gruppenführer zu überreden, nur einen Mann nach draußen zu stellen. Zunächst war er nicht bereit, dieses Risiko einzugehen, da er strikten Befehl hatte, einen Doppelposten zu stellen. Nachdem wir dann eine Alarmeinrichtung von draußen nach drinnen installiert hatten und deren Funktion mehrmals ausprobiert war, stimmte er zu. Durch ein Lüftungsrohr hatten wir einen Draht gezogen, an dem innen ein paar leere Blechbüchsen als Klingel befestigt waren. Das äußere Ende des

Drahtes hing an der Außenwand, unmittelbar neben dem Postenstand. Der zweite Mann durfte nun im Bunker bleiben, musste aber in voller Montur mit Stahlhelm und Gewehr in der Nähe der Tür sein, sodass er blitzschnell draußen war, wenn die Klingel schepperte. Der Gruppenführer kontrollierte die Außenposten in unregelmäßigen Abständen bei Tag und auch bei Nacht. Die eingebaute Alarmanlage brauchte nie benutzt zu werden, ein Ernstfall trat nicht ein.

Nach etwa vierzehn Tagen, in denen wir keine Feindberührung hatten, wurde unsere Gruppe in einen anderen Bunker verlegt. Dieser Bunker war etwas größer und lag in der Nähe der ehemaligen Sauertaleisenbahn. In der Hauptschießscharte war noch die Feststelleinrichtung für ein schweres Maschinengewehr, Waffen waren allerdings nicht mehr vorhanden. Der größte Teil des Umfeldes konnte aus diesem Bunker überwacht werden. Außer einem Einzelposten am Eingang des Bunkers mussten wir, nach Eintritt der Dunkelheit bis zum Morgengrauen, einen weiteren Außenposten stellen. Dieser Postenstand lag, durch einige Sträucher gedeckt, unmittelbar an der Sauer und war durch ein Feldtelefon mit dem Bunker verbunden. Die Entfernung vom Bunker zu diesem Postenstand betrug fünf- bis sechshundert Meter. Wachwechsel war auch hier alle zwei Stunden. In diesen Bunkern, die vor uns von anderen Einheiten belegt waren, hatten sich, besonders in den zu den einzelnen Betten gehörenden groben Wolldecken, noch andere Lebewesen eingenistet. Filzläuse sind keine angenehmen Mitbewohner. Wenn man nachts durchgefroren und müde vom Außenposten zurückkam, sich auf seine Pritsche legte und endlich warm wurde, dann wurden diese Plagegeister mobil. Mit dem Schlaf war es dann vorbei. Ende Januar, Anfang Februar, wenn um die Mittagszeit die Sonne etwas schien, saßen wir auf der Bunkertreppe oder auf der Kuppel und suchten unsere Decken und Unterwäsche nach diesen Viechern ab. Alles ausbürsten und schütteln half nichts. Ohne Chemie wurde man diese widerlichen Tierchen nicht los. Aber nicht nur wir in unserem Bunker wurden von diesen Viechern belästigt, sondern auch die Besatzungen der Nachbarbunker hatten das gleiche Problem. Seltsam war, dass nicht alle Kameraden so schlimm unter dieser Plage zu leiden hatten, den einen mochten sie lieber als den andern. Mich mochten sie besonders gern. Nach vielleicht zwei Wochen wurde schließlich in Welschbillig eine Entlausungsstation durch den Sanitätsdienst eingerichtet. Die einzelnen Bunkerbesatzungen mussten dann nachts mit ihren Kleidern und Decken auf Fahrrädern nach Welschbillig zur Entlausung. Wegen der ständigen feindlichen Luftüberwachung konnten diese Fahrten nur in der Nacht durchgeführt werden. In der Station mussten alle Kleider ausgezogen werden und wir konnten duschen. Danach wurden die behaarten Körperteile noch mit einem weißen Pulver bestäubt. Decken und Kleidung wurden in einem besonderen Raum behandelt. Sie waren noch warm, wenn man sie zurückbekam. Bei diesen nächtlichen Fahrten mussten wir die Trierer Straße, heute die B 51, in der Nähe von Kloster Helenenberg überqueren. In diesen Momenten habe ich schon mal mit dem Gedanken gespielt, mit dem Fahrrad einfach nach Hause zu meinen Eltern zu fahren. Die Entfernung von ca. fünfzig Kilometer hätte ich in zwei Stunden geschafft. Dieser Gedanke wurde jedoch schnell wieder verdrängt, denn hätte man mich ohne Marschbefehl erwischt, wäre ich standrechtlich erschossen, schlimmstenfalls sogar einfach an einen Baum aufgehängt worden. Beide Varianten hatte ich schon gesehen. Mit Fahnenflüchtigen oder Feiglingen machte man damals kurzen Prozess. Zu dieser Zeit war uns allen klar, dass der Krieg nicht mehr zu gewinnen war, wir sprachen untereinander auch offen darüber.

Die Entlausungsaktion in Welschbillig wurde nach vierzehn Tagen wiederholt und brachte dann auch merkliche Erleichterung. Das Bunkerleben ging in seiner Eintönigkeit weiter, außer immer wiederkehrendes Störfeuer der feindlichen Artillerie blieb es ruhig. An klaren Tagen war jedoch die

Luftüberwachung der Amerikaner so stark, dass ihnen kaum eine Bewegung entgehen konnte. Auf der Kuppel unseres Bunkers war ein Maschinengewehr, MG 42, für den Fliegerbeschuss aufgebaut. Die feindlichen Luftaufklärer flogen manchmal so tief, dass man sie damit hätte erreichen können. Sonderurlaub wurde dem Schützen versprochen, der es schaffte, einen dieser Vögel abzuschießen. Das Einzige, was wir in der Regel damit erreichten, war, dass das Störfeuer der Artillerie etwas stärker. manchmal auch etwas genauer wurde. Wenn man dann gerade den Außenposten an der Sauer ablösen sollte, musste man öfters im Straßengraben Deckung suchen.

Ab Mitte Februar hatten die amerikanischen Truppen südlich und nördlich unseres Frontabschnittes so viel an Boden gewonnen, dass die Gefahr der Einkesselung bestand. In der Nacht vom 19. oder 20. Februar musste unsere Einheit die Bunkerlinie räumen. Auch diesmal waren Truppenbewegungen wegen der ständigen feindlichen Luftüberwachung nur bei Nacht möglich. Tagsüber hat sich die Einheit regelrecht im bewaldeten Gebiet versteckt. Selbst im Wald musste Ruhe gehalten werden, es durfte kein Feuer gemacht werden. Unser Rückzug ging nördlich an Ehrang vorbei Richtung Quint. Hier trafen wir im Morgengrauen, unmittelbar am Viadukt, auf eine amerikanische Infanterieeinheit, mit der wir uns ein mehrstündiges Feuergefecht lieferten. Auf beiden Seiten gab es Tote und Verwundete. Am frühen Vormittag zogen sich die Amerikaner zurück. Fünfzehn von ihnen, die sich in einem Bombentrichter verschanzt hatten, ergaben sich und wurden gefangen genommen. Sie hätten diesen Bombentrichter nicht verlassen können, ohne voll in unser Feuer zu laufen, und das hätte kaum einer überlebt. Sie wurden von uns als Soldaten behandelt und auf Waffen untersucht. Persönliche Sachen wurden ihnen keine abgenommen. Als die Gefangenen abgeführt waren, untersuchten wir den Bombentrichter, wo sich die Amis ergeben hatten, weil dort an mehreren Stellen frisch gegraben war. Wir fanden dort mehrere Uhren, Ringe und Bilder von Frauen. Die Wertsachen nahmen wir natürlich mit, da wir annahmen, dass es Kriegsbeute war. Wir setzten unseren Rückzug unter Ausnutzung jeder möglichen Deckung fort und erreichten ohne weitere Zwischenfälle die ersten Häuser von Schweich. Es blieb kaum Zeit etwas zu essen, als schon zwei Ofenrohrgespanne (vier Mann mit zwei Panzerschreck) als rückwärtige Sicherung bestimmt wurden, da mit der Verfolgung durch amerikanische Panzer gerechnet wurde. Einer unserer jungen Kameraden, der für dieses Kommando bestimmt war, war total erschöpft und mit den Nerven so fertig, dass ihm die Tränen über die Wangen liefen. Ich sprach mit unserem Gruppenführer, mit dem ich seit dem Truppenübungsplatz Schiratz zusammen und sehr vertraut war, und wurde an Stelle des erschöpften Kameraden eingeteilt. Einige hundert Meter außerhalb der Ortschaft, in Richtung Quint an einem Hang etwa dreißig Meter oberhalb der Straße, wurde uns die Stellung angewiesen. An dem vor uns liegenden Wiesenhang standen verschiedene Obstbäume und Sträucher, die uns gute Deckung boten. Die Schussentfernung zur Straße war für einen Panzerschreck genau richtig. Die Stellung der beiden anderen Kameraden war etwa achtzig Meter von uns entfernt und näher zum Ort. Dort war das Gelände schon wesentlich flacher. Den Weg aus Richtung Quint konnten wir auf eine Entfernung von etwa zweihundertfünfzig Metern bis zu einer Kurve einsehen. Es war noch keine Stunde vergangen, als wir in der Ferne Motoren- und Kettengeräusche hörten, die näher kamen. Als nach wenigen Minuten drei Panzerfahrzeuge um die Kurve in unser Blickfeld kamen, war der Panzerschreck schussbereit. Die beiden ersten Fahrzeuge konnten wir mit je einem Schuss außer Gefecht setzen. Der dritte suchte sein Heil in der Flucht. Als wir nochmal nachgeladen hatten, war er nicht mehr zu

erreichen. Meinem Kameraden und mir zitterten dann aber auch vor Aufregung die Knie. Danach wechselten wir kurz unsere Stellung und wurden nach einer Stunde von zwei anderen Kameraden abgelöst. Für diesen Einsatz wurden wir beide wenige Tage später zum Gefreiten befördert und mit dem Eisernen Kreutz zweiter Klasse ausgezeichnet. Für den Abschuss von zwei Panzern im Nahkampf wurden uns außerdem zwei besondere Ärmelstreifen verliehen.

Schon in der darauffolgenden Nacht mussten wir uns über Bekont in Richtung Klüsserath zurückziehen. Unsere Gruppe sollte auch diesmal wieder die rückwärtige Sicherung übernehmen. Einige Kilometer außerhalb von Bekond an einem Hang links der Straße wurde uns die erste Stellung angewiesen. Zwei weitere Gespanne mit Panzerschreck wurden am gleichen Hang, jedoch um eine Kurve eingewiesen und waren von unserem Stand nicht mehr zu sehen. Der Hang war mit mittelstarkem Mischwald bewachsen. Wir suchten uns einen Platz, von dem aus wir die unter uns verlaufende Straße gut einsehen konnten und auch freies Schussfeld hatten. In dem Wurzelloch eines umgefallenen Baumes hatten wir nicht viel Mühe, unser Schützenloch tief genug auszuheben und zu tarnen, sodass wir gute Deckung hatten. Jenseits der Straße Richtung Bekond war gut einsehbares Gelände. Schon kurz nachdem wir unsere Arbeit beendet hatten, kamen aus Richtung des Ortes einige Fahrzeuge in Sicht. Beim Näherkommen erkannten wir, dass es sich um vier leichte Panzerspähwagen der Amerikaner handelte, die hinter zwei mit Rot-Kreuz-Fahnen gezeichneten Jeeps fuhren. Auf Grund der Rot-Kreuz-Fahnen dachten wir zunächst an nichts Böses. In einer Entfernung von etwas über hundert Metern hielt die Kolonne an, die leichten Panzer scherten nach den Seiten aus und begannen unseren Hang mit ihren Bordwaffen zu beschießen. Uns blieb nichts anderes übrig, als uns so tief wie möglich in unser Schützenloch zu ducken und abzuwarten. Die Entfernung für einen Schuss mit dem Ofenrohr war viel zu weit. Abgeschossene

Äste und Reiser prasselten auf uns nieder. Unser Gruppenführer hatte sich beim Erscheinen der Panzer um die Kurve des Hanges verzogen, da er sich natürlich kein Schützenloch gegraben hatte. Dort konnten er und die vier anderen Kameraden von dem Beschuss nicht erreicht werden. Mit kurzen Unterbrechungen beharkten die vier Panzer unseren Hang etwa fünfzehn bis zwanzig Minuten lang, drehten dann um und fuhren Richtung Dorf zurück. Als Ruhe eingetreten war, schafften wir gemeinsam die Äste und Reiser beiseite, mit denen wir zugedeckt waren, und stiegen aus unserem Loch. Unser Panzerschreck, der schräg hinter unserer Stellung stand, hatte ein paar Treffer abbekommen und war nicht mehr zu gebrauchen. Darüber war ich nicht böse, denn jetzt brauchte ich dieses Monster nicht mehr zu schleppen. Nach einigen Minuten kam dann unser Gruppenführer mit schussbereiter Maschinenpistole um die Hangkurve. Er schien sichtlich froh zu sein, dass er uns beide lebend und unversehrt antraf. Auf unsere, wohl etwas kritischen, Blicke hin sagte er nur: „Ich habe es bis jetzt viele Jahre überlebt und will auch die letzten Tage noch durchstehen.“ Zwei andere Kameraden mussten nun unsere Stellung übernehmen, wir beide konnten uns zum Kompaniegefechtsstand zurückziehen, unser durchlöcherter Panzerschreck blieb im Wald zurück.

Wir hatten in unserer Kompanie auch zwei sogenannte Hilfswillige, unter uns Hiwis genannt, russischer Nationalität. Diese jungen Männer hatten sich bereiterklärt, in der deutschen Wehrmacht zu dienen. Sie waren auch feldgrau in Wehrmachtsuniform eingekleidet, jedoch ohne Schulterklappen und Hoheitsabzeichen. Sie wurden in der Regel für Arbeiten in der Küche, bei den Pferden oder sonstigen Arbeiten um den Kompaniegefechtsstand eingesetzt. Bei Kampfeinsätzen habe ich nie einen von ihnen gesehen. Am späten Nachmittag, es war Ende Februar, mussten wir uns vor einer stärkeren amerikanischen Infanterieabteilung zurückziehen. Bei Eintritt der Dunkelheit wurden die Kämpfe eingestellt. In dieser Nacht lagen wir den Amerikanern nur etwa drei Kilometer entfernt gegenüber. Bis zum Tagesanbruch des nächsten Tages hatten wir Verstärkung und konnten die Amerikaner wieder zurückschlagen. Unsere beiden Hiwis trafen wir in der von den Amis verlassenen Stellung an. Sie hatten die Nacht genutzt um zu der anderen Seite überzulaufen. Die Amerikaner hatten sie bei ihrem Rückzug aber nicht mit zurück genommen. Nun wurden sie von den Feldjägern, die in unserem Abschnitt SS Soldaten waren, abgeholt. Beim Rückzug im Morgengrauen des nächsten Tages trafen wir sie wieder. Mit einem Strick um den Hals hingen sie nebeneinander an zwei Straßenbäumen. Es hat doch eine Zeit lang gedauert, ehe ich diesen Anblick verdaut hatte.

Der weitere Rückzug über Klüsserath über die Mosel Richtung Hunsrück an Morbach und Idar-Oberstein vorbei verlief ohne größere Kampfhandlungen. Wegen der ständigen feindlichen Luftüberwachung waren die Bewegungen nur bei Dunkelheit oder unsichtigem Wetter, das eine Luftüberwachung nicht zuließ, möglich. Tagsüber wurde die Einheit meistens in einem bewaldeten Gebiet, ausnahmsweise auch manchmal gut getarnt in einem Dorf, abgestellt. Unsere Einheit, die nur über pferdebespannte Fahrzeuge verfügte, hatte alle Mühe, den mit modernen Fahrzeugen ausgerüsteten Amerikanern zu entkommen. Am Nachmittag des 21. März 1945 wurde trotz klarem Himmel der weitere Rückzug befohlen, weil uns die Amerikaner an einer Seite bereits überholt hatten. Seit dem Morgengrauen dieses Tages hatten wir am Ortsrand eines Dorfes gelagert.

Auf einer ansteigenden Strecke, vielleicht zwei Kilometer vor einem schützenden Wald, wurde unsere Kolonne von zwei Jabos (Jagdbomber) mit Bordwaffen angegriffen. Schon beim ersten Anflug entstand ein heilloses Durcheinander. Jeder versuchte so gut es ging, Deckung zu finden. Abwechselnd flogen die beiden Jabos ihre Angriffe und beharkten die Straße mit ihren schweren Maschinengewehren. Erst als sich kaum noch etwas auf der Straße bewegte, stellten sie die Angriffe ein und drehten ab. Ich hatte in einem Wasserdurchlass unter der Straße, in den ich gerade so hineinpasste, Schutz gefunden und war unverletzt. Als ich mich wieder herausgearbeitet hatte, bot sich mir ein grausames Bild. Einige Kameraden waren tot, viele verwundet und schrien um Hilfe. Die meisten Pferde waren tot, die anderen so schwer verletzt, dass wir sie erschießen mussten. Nach und nach fanden sich dann einige Kameraden ein, die unverletzt waren und Hilfe leisten konnten. Die Verwundeten wurden so gut es uns möglich war versorgt. Sie wurden von einer nachfolgenden Einheit übernommen. Das Wenige, was an Material noch brauchbar war, wurde in den nahen Wald geschafft. Weder den Kompanieführer noch einen Zugführer unserer Einheit habe ich ab diesem Zeitpunkt gesehen. Ein geordneter Rückzug war nicht mehr möglich, weil einfach keine Führung mehr da war.

Mit einem älteren Obergefreiten unserer Kompanie wollten wir zunächst einmal versuchen, etwas Essbares aufzutreiben. Während der letzten Tage des Rückzuges hatten wir fast nur von Almosen aus der

Bevölkerung gelebt, weil keine Verpflegung nachkam. Entsprechend knurrten unsere Mägen. Kurz vor Dunkelheit erreichten wir einen einzelliegenden Bauernhof und baten dort um etwas Essbares. Gerne bekamen wir zu essen und zu trinken. Man merkte jedoch, dass die Leute etwas bedrückte. Wir waren noch nicht mit dem Essen fertig, als die Bauersfrau uns bat, doch bald wieder zu gehen, da die Amerikaner schon in der Nähe seien. Sie befürchteten Repressalien, falls die Amis uns bei ihnen vorfänden. Jeder von uns bekam noch zwei Scheiben Brot, ein Stück Bauchspeck, eine Feldflasche voll Kaffee und zwei Eier als Wegzehrung. Man sah den Leuten an, dass sie erleichtert waren, als wir uns bedankten und verabschiedeten.

Es war mittlerweile dunkel geworden, als wir uns auf den Weg ins Ungewisse machten. Einem Feldweg folgend erreichten wir nach vielleicht zwei Kilometern eine einzelnstehende Feldscheune, wo wir uns für die Nacht einschoben. Hier war jede Menge Stroh für ein Nachtlager vorhanden. Froh, die Nacht nicht im Freien verbringen zu müssen, richteten wir uns ein Nachtlager. Die Erlebnisse des vergangenen Tages noch vor Augen, war jedoch an Schlaf noch nicht zu denken. Wie sollte es weitergehen? Nach vielen Überlegungen fassten wir den Entschluss zu versuchen, wieder Anschluss an eine deutsche Einheit zu finden. Als der Morgen bereits graute, übermannte uns doch die Müdigkeit und wir schliefen ein. Am nächsten Tag war es fast Mittag, als mich mein Kamerad weckte. Der Schlaf wurde aus den Augen gewischt, damit war die Morgentoilette fertig. Dankbar dachten wir an die Wegzehrung, die uns die Bauersfrau mitgegeben hatte. Ein Stück Brot, ein paar Scheibchen Bauchspeck und ein rohes Ei, dazu ein paar Schluck aus der Feldflasche, waren ein gutes Mittagessen. Weil die Amerikaner schon in der Nähe sein sollten, wollten wir uns erst kurz vor dem Abend Richtung Osten auf den Weg machen, denn wir hofften im nächsten oder übernächsten Dorf wieder eine deutsche Einheit zu finden. Unsere paar Habseligkeiten waren schnell gerichtet, denn außer unserer Kleidung hatten wir nur einen Brotbeutel, eine Feldflasche, eine Zeltplane und als Waffe eine Pistole.

Als es langsam zu dämmern begann, machten wir uns auf den Weg. Einem recht schlechten Feldweg folgend, erreichten wir nach etwa drei Kilometern einen Wald. Mittlerweile war es nun dunkel geworden. Unsere Augen hatten sich langsam an das schwindende Licht gewöhnt, sodass wir keine Schwierigkeit hatten, uns zu orientieren. Auf dem Weg von unserem Nachtlager bis zu dem Waldrand hatten wir weder Menschen noch Fahrzeuge gesehen oder gehört. Unbesorgt betraten wir auf einem Waldweg, der nach unserer Meinung in östlicher Richtung verlief, nun den Wald. Da die Trasse des Weges ja nicht bewachsen war, konnte man den Verlauf des Weges mit einem Blick zum Himmel klar erkennen. Vorsichtig, aber stetig marschierten wir weiter und hofften jenseits des Waldes ein Dorf oder ein Gehöft zu sehen, an dem wir uns weiter orientieren könnten. Nach etwa einer Stunde erkannten wir in der Ferne den Waldrand und dahinter offenes Gelände. Als wir uns diesem bis auf etwa dreißig bis vierzig Meter genähert hatten, schallte uns plötzlich ein lautes „Stop!“ entgegen, dem ein paar Worte in Englisch folgten. Sofort sprangen wir neben den Weg in Deckung und gingen in die Knie. Vorsichtig zogen wir uns seitlich in den Wald zurück. Später suchte dann ein Scheinwerfer den Weg und die Wegränder ab. Wir hatten uns aber bereits aus dem Gefahrenbereich zurückgezogen. Was sollten wir nun tun? Nach kurzer Beratung wurden wir uns einig, nochmal an anderer Stelle zu versuchen, den Wald zu verlassen. Sich mitten im Wald ohne einen festen Weg zu orientieren, war nicht einfach. Auf gut Glück unternahmen wir dann nach einer Stunde einen erneuten Versuch. Aber auch diesmal endete der Versuch, kaum dass der Waldrand in Sicht war, mit dem Zuruf „Stop!“, dem diesmal noch eine Salve aus einer Maschinenpistole folgte. Deutlicher brauchte man uns nun nicht mehr zu sagen, dass es vorbei war, dass uns die Amerikaner überholt hatten und dass wir hinter der feindlichen Linie waren. Vorsichtig zogen wir uns tiefer in den Wald zurück. In dem Wurzelloch eines umgefallenen Baumes fanden wir etwas Schutz vor dem kalten Nachtwind. Wir scharrten etwas Laub in das Loch, deckten eine Zeltplane darüber, kauerten uns eng aneinander und erwarteten den Morgen. Der ältere und erfahrene Kamerad gab mir noch Anweisungen, wie ich mich verhalten sollte, wenn uns die Amis am anderen Morgen hier vorfinden würden.

Gefangenschaft

Kaum dass es richtig Tag geworden war, es war der 23. März 1945, hörten wir aus der Ferne schon Stimmen. Mann an Mann kamen die amerikanischen Soldaten durch den Wald und umringten plötzlich unser Loch. Vorsichtshalber hielten wir die Hände schon über dem Kopf. Wir wurden aufgefordert aufzustehen, die Pistolen wurden uns sofort weggenommen, dann wurden alle Taschen durchsucht und unsere Taschenmesser ebenfalls eingezogen. In der Aufregung hatte ich nicht mehr daran gedacht, dass ich in der rechten Jackentasche neben einem Päckchen 08-Pistolenmunition noch ein rohes Ei hatte. Einer der amerikanischen Soldaten griff auch in diese Tasche. Da das Ei die Strapazen der Nacht natürlich nicht überlebt hatte, war in der Tasche jetzt ein Gemenge von Eiweiß, Eidotter und 08-Munition. Der Soldat machte kein freundliches Gesicht, als er den Brei zutage förderte. Als wir aus dem Wald herausgeführt wurden, sahen wir, dass am ganzen Waldrand soweit wir schauen konnten die Amis ihr Lager aufgeschlagen hatten. LKWs, Jeeps, leichte Panzerfahrzeuge und Mannschafszelte wechselten sich ab. Obwohl es nicht so gelaufen war, wie wir es geplant hatten, waren wir doch froh, dass es vorbei war und wir es überlebt hatten, denn jeder wusste, dass dieser Krieg verloren war.

Am frühen Vormittag wurden wir in ein Zelt geführt und von zwei amerikanischen Offizieren befragt. Eine der ersten Fragen war: „Du SS?“ Hier wurden uns die Soldbücher dann abgenommen. Die persönlichen Papiere durften wir alle behalten. Wir wurden gut behandelt. Nach der Vernehmung konnten wir uns draußen auf die Böschung setzen und zwei mit Gewehren bewaffnete Soldaten mussten uns bewachen. Die Mittagszeit war mittlerweile vorbei und wir hatten Hunger. Jeder von uns hatte noch ein Stück Brot und ein Stück Bauchspeck im Brotbeutel. Also packten wir unsere Brotzeit aus. Das trockene Brot konnte man ja zur Not mit etwas Kaffee aus der Feldflasche auch ohne Messer essen. Es schmeckte mit einem Scheibchen Speck aber besser. Den Speck, der gut geräuchert und ziemlich fest war, konnte man mit den Zähnen aber nicht abbeißen. Zunächst versuchte ich mit meinem, schon ziemlich verbeulten Blechlöffel, der uns geblieben war, ein paar Stückchen abzuschaben, was aber nicht gelang. Interessiert hatten uns die beiden Wachsoldaten bei unserem Bemühen zugesehen. Da wir in englischer Sprache nicht um ein Messer bitten konnten, versuchten wir es auf Deutsch mit entsprechenden Gesten. Zunächst zuckten beide nur die Schulter, bis dann der eine dem anderen zunickte. Dieser gab uns dann grinsend sein Messer und wir konnten unseren Speck in mundgerechte Stücke schneiden. Nachdem das Messer am Mantel sauber abgewischt war, gab ich es mit einem „Thank You“, den einzigen Wörtern, die ich auf Englisch kannte, zurück.

Im Laufe des Nachmittags mussten wir dann einen kleinen LKW besteigen und wurden mit zwei Soldaten als Bewachung in ein Auffanglager für Gefangene in der Nähe von Kaiserslautern gebracht. Dieses Lager, das nur ein Provisorium war, war nicht eingezäunt. Ein größeres Gelände war mit Militärfahrzeugen, Panzern, Lastkraftwagen und Jeeps umstellt. Zwischen den Fahrzeugen standen oder gingen ständig bewaffnete Doppelposten. Hier waren schon mindestens fünfhundert Gefangene verschiedener Waffengattungen zusammengezogen. Vor dem Abend bekamen wir etwas zu essen. Schon vor Einbruch der Dunkelheit tönte laute Musik aus verschiedenen Lautsprechern über das Gelände. Die

Bewacher, überwiegend junge farbige Soldaten, sangen manche Lieder mit. Manchmal schossen sie sogar mit ihren Gewehren oder Maschinenpistolen in die Luft, sodass man Angst bekam. Vielleicht war es eine vorzeitige Siegesfeier oder sie hatten die Wirkung des Pfälzer Weines nicht erkannt. Nach Mitternacht trat dann doch Ruhe ein. Bereits am nächsten Morgen wurden ein paar hundert Gefangene zum Transport in ein anderes Lager ausgesondert. Schon bei dieser Aktion wurde ich von meinem bisherigen älteren Kameraden getrennt. Große Militärlastwagen mit hohen Seitenwänden fuhren vor. Auf diese Fahrzeuge mussten so viele Gefangene aufsteigen, wie aufrecht darin stehen konnten. Als alle Fahrzeuge beladen waren ging die Fahrt mit für uns unbekanntem Ziel los. Die Fahrer dieser Fahrzeuge, waren ebenfalls junge Soldaten. Sie steuerten diese riesigen Kasten in einem Tempo, als wären es Sportwagen. Wenn es um eine Kurve ging, verlagerte sich die Menschenmasse nach einer Seite, dass die Seitenwände krachten. Bei einem Fahrzeug ist eine

Seitenwand abgebrochen und viele Gefangene flogen im hohen Bogen neben die Straße und wurden verletzt. In unserem Fahrzeug wurden die Kurven von den Kameraden, die vorne im Fahrzeug standen, angesagt, dann stemmten wir uns der Fluchtrichtung entgegen.

Nach einer Höllenfahrt von etwa zwei Stunden erreichten wir das Gefangenenlager Stennay. Dieses Lager war mit einem hohen Zaun eingezäunt und in mehrere Camps unterteilt. Hier waren schon viele hundert Soldaten, aber auch mehrere Zivilisten, die von den Besatzern für Soldaten gehalten wurden oder vielleicht zum Volkssturm gehört hatten, interniert. Erst als wir nochmal gefilzt und verhört worden waren, sind die einzelnen Gruppen in verschiedene Camps eingewiesen worden. Bei den Verhören wurde immer wieder die Frage gestellt: „Du SS?" Ich wurde mit mehreren jungen Kameraden in ein Camp eingewiesen, wo auch einige Zivilisten waren. So gut es möglich war, machte man sich untereinander bekannt.

Auf einmal hörte ich, dass sich zwei Zivilisten auf Eifeler Platt unterhielten. Da gab es für mich natürlich kein Halten mehr. Ich sprach die beiden auf Eifeler Platt an, stellte mich vor und fragte nach ihrem Wohnort. Einer dieser beiden war aus Burbach, nur etwa zwanzig Kilometer von meinem Heimatort entfernt. Der zweite war aus dem Kreis Daun. Mit dem Mann aus Burbach, er war mir sofort sympathisch, unterhielt ich mich dann lange Zeit. Er war über fünfzig Jahre alt und hätte mein Vater sein können. Dann erzählte er mir, dass die Amis ihn von Zuhause mitgenommen hätten in der Meinung, er sei ein desertierter Soldat. Er und andere Zivilisten sollten in den nächsten Tagen aber wieder entlassen werden. Auf meine Frage, ob er wisse, wie es in meinem Heimatort aussehe, konnte er mir auch keine Antwort geben. Er sagte aber, die Amerikaner hätten diese Gegend ziemlich kampflos eingenommen, er glaube nicht, dass dort viel passiert sei. Auf meine Bitte hin erklärte er sich bereit, nach seiner Ankunft zuhause meine Eltern aufzusuchen und ihnen die Nachricht zu überbringen, dass ich überlebt habe und gesund sei. Er war auch bereit, meine persönlichen Papiere und meine Auszeichnungen mit nach Hause zu nehmen. Er wollte sie im Futter seiner Jacke verstecken, damit sie ihm nicht weggenommen werden könnten. Er hielt prompt sein Wort, wenige Tage nachdem er zu Hause war, besuchte er meine Eltern überbrachte ihnen die frohe Botschaft und übergab meine persönlichen Sachen, die ich heute noch besitze.

Der Aufenthalt im Lager Stennay war nur von kurzer Dauer. Schon nach etwa einer Woche wurden mehrere hundert Gefangene bestimmt, die in ein größeres Lager verlegt werden sollten. Zwischenzeitlich hatte ich mich einer Gruppe gleichaltriger Kameraden angeschlossen. Wir gehörten alle zu denen, die verlegt werden sollten. Eines Morgens hieß es dann „In Dreierreihen antreten!" und wir wurden unter starker Bewachung zum Bahnhof geführt. Dort wurden wir in einen Güterzug, der nur aus gedeckten Güterwagen und einigen Personenwagen für die Bewacher bestand, verladen.

Nach einer mehrstündigen Fahrt erreichten wir den Güterbahnhof der Stadt Cherbourg, wo wir ausgeladen wurden. Für den zweistündigen Fußmarsch zum Gefangenenlager mussten wieder in Dreierreihen antreten und französische Soldaten übernahmen die Bewachung. Der Weg zum Lager führte durch einen Randbezirk der Stadt und war nicht gerade angenehm. Von den Menschen am Straßenrand wurden wir als deutsche Schweine beschimpf, sogar bespuckt und mit Müll beworfen. Auch die französischen Wachsoldaten waren nicht besonders freundlich. In der langen Marschkolonne der Gefangenen waren mehrere Kameraden, die fußkrank waren, zum Teil noch offene Wunden an den Füßen hatten. Wenn einer dieser Fußkranken den Gleichschritt nicht hielt oder seitlich aus der Reihe hinkte, konnte er schnell mit dem Gewehrkolben eines Wachsoldaten Bekanntschaft machen. Das große Gefangenenlager, das wir nach über zweistündigem Fußmarsch erreichten, war mit einem etwa drei Meter hohen Drahtzaun eingezäunt. Außerhalb des Zaunes standen in unregelmäßigen Abständen hohe, geschlossene Wachtürme, die mit französischen Soldaten, die für die Außenbewachung zuständig waren, besetzt waren. Rechts und links des Hauptweges war das Lager in viele Einzelcamps unterteilt. Etwa in der Mitte standen einige große Holzbaracken für Verwaltung und Wachpersonal. In diesem großen Lager konnten mehrere tausend Gefangene untergebracht werden.

Gleich nach der Ankunft wurden alle jugendlichen Soldaten bis zum achtzehnten Lebensjahr ausgesondert und in ein besonderes Camp eingewiesen. In diesem Camp standen große Mannschaftszelte, die mit doppelstöckigen Betten für vierundzwanzig Mann eingerichtet waren. Einige dieser Zelte im Camp waren schon mit jugendlichen deutschen Soldaten belegt. Ich wurde mit 23 anderen Kameraden in ein leeres Zelt eingewiesen und da ich Gefreiter war als Zeltältester bestimmt. Je sechs Doppelbetten waren an den Längsseiten des Zeltes aufgestellt. Dazwischen war ein zwei Meter breiter Gang. Auf jeder Bettstelle, die als Liegefläche ein ziemlich engmaschiges Drahtgeflecht hatte, lagen zwei dünnere Wolldecken. Ich übernahm die untere Bettstelle des ersten Bettes rechts neben dem Zelteingang. Das Zelt war sauber, der Boden besenrein. Meine Aufgabe als Zeltältester war es, für Sauberkeit und Ordnung im und um das Zelt zu sorgen und die Anweisungen der Campleitung an meine Kameraden weiterzugeben. Im ersten Zelt neben dem Campeingang lebten einige ältere Kameraden, die die Campaufsicht ausübten und die Anweisungen der Lagerleitung überwachten und an die Zeltältesten weitergaben. Als Erstes wurden uns Neulingen die wichtigsten Regelungen der Campordnung vorgelesen. Nachdem sich nun jeder in unserem Zelt seine Koje ausgesucht und seine paar Habseligkeiten dort abgelegt hatte, machten wir uns zunächst einmal gegenseitig bekannt. Die wenigsten kannten sich schon vorher, da wir von verschiedenen Truppenteilen kamen. Dann wurden, wie es angeordnet war, zwei Mann als Zeltreinigungsdienst und vier Mann als Essenholer bestimmt. Die beiden Gruppen wurden täglich gewechselt. Die vier Essenholer konnten ihre Arbeit vor dem Abend auch schon aufnehmen. Sie holten die Verpflegung für alle vierundzwanzig Mann bei der Küche ab und verteilten sie im Zelt. Da in den vergangenen Tagen Schmalhans Küchenmeister war, ließ das, was sie uns am ersten Abend brachten, unsere Augen strahlen. Jeder bekam eine gut ausreichende Portion zum Abendessen und ebenfalls ein ausreichendes Frühstück für den nächsten Morgen. In gewissen Abständen bekamen wir zur Verpflegung sogar Schokolade und Zigaretten. An diesen Tagen setzte immer reger Tauschhandel ein. Wer noch nicht rauchte, tauschte seine Zigaretten gegen Schokolade ein oder umgekehrt. In den ersten Tagen mussten auch hier nochmal alle einzeln zur Vernehmung. Die erste Frage lautete wieder „Du SS?“ Obwohl ich das guten Gewissens immer verneinte, hatte ich das Gefühl, sie glaubten mir nicht.

Vielleicht lag es an meiner Körpergröße und sie dachten, alle „Langen“ wären bei der Waffen-SS gewesen. In den letzten Kriegsjahren wurden viele junge Männer, auch ohne dass sie sich freiwillig meldeten, zur Waffen-SS einberufen. Die Körpergröße spielte damals keine Rolle mehr.

Die meisten von uns hatten in der letzten Zeit kaum noch Gelegenheit, sich ordentlich zu waschen oder die Kleider zu wechseln. Vielleicht hatten sich die widerlichen Filzläuse aber auch in den vorhandenen Decken eingenistet. Wir waren deshalb sehr froh, als schon Anfang der zweiten Woche im Lager Cherbourg eine Entlausungsaktion angeordnet wurde. Zeltweise wurden wir zu dieser Aktion aufgerufen. Alle Zeltbewohner mussten mit allen Kleidungsstücken und Decken vor der Entlausungsstation antreten. Decken und Kleider, die nicht am Leibe getragen wurden, sind in einer besonderen Kammer behandelt worden. Die Kleidungsstücke, die man trug, wurden am Leibe desinfiziert. Die Hose musste geöffnet werden, dann wurde mit einer großen Spritze zweimal kräftig das weiße Pulver hinein geblasen, das es zu den Hosenbeinen herausstaubte. Am Oberkörper wurde zweimal leicht unter jeden Arm gesprüht. Die in der Druckkammer desinfizierten Decken und Kleider konnten eine Stunde später wieder abgeholt werden. Etwas später war dann Ganzkörperwäsche angesagt. Am Waschplatz wurde der ganze Körper vom Kopf bis zu den Füßen kräftig mit Kernseife eingeseift und abgeschrubbt, aber nicht etwa unter einer warmen Dusche, sondern im Freien mit reichlich kaltem Wasser. Dabei haben wir uns gegenseitig geholfen. Die Waschanlage war auf einem größeren freien Platz, etwa zehn Meter vor dem Lagerzaun aufgebaut. Sie bestand aus einer etwa zehn Meter langen Holzrinne, darüber war die Wasserleitung mit mindestens zehn Zapfstellen an jeder Seite angeordnet. Rechts daneben war eine provisorische, aber zum Teil verblendete Toilettenanlage angelegt. Nach dieser Aktion hofften wir, nun ohne jucken die Nacht durchschlafen zu können. Wäsche und Decken rochen zwar nicht angenehm, aber das war das kleinere Übel. Nach etwa acht bis zehn Tagen wurde dieselbe Prozedur noch einmal wiederholt. Nun waren wir aber sicher, dass keine Laus mehr überlebt hatte. Nach einer Woche machten mich einige Kameraden auf einen Kollegen aufmerksam, den es anscheinend immer noch oder schon wieder juckte. Sie sagten mir auch, er halte anscheinend nicht viel vom Waschen und vom Wasser. Mir war das bisher noch nicht aufgefallen, da sein Schlafplatz am anderen Ende des Zeltes war. Die unmittelbaren Nachbarn machten sich Sorgen, auch wieder von diesen widerlichen Tieren befallen zu werden. Ich sprach ihn daraufhin an und bat ihn, seine Bettstelle nochmal auszuräumen, die Decken einige Zeit an die frische Luft zu hängen und dann mit einer groben Bürste auszubürsten und sich selbst und seine Wäsche kräftig mit Kernseife zu waschen. Einige seiner Nachbarn hatten sich sogar angeboten ihm dabei zu helfen. Er selbst schien nicht viel davon zu halten und äußerte sich nicht. Als er auch am nächsten Tag noch keine Anstalten machte, etwas zu tun, redete ich ihm nochmal ins Gewissen und ließ auch keinen Zweifel daran, dass wenn er es selbst nicht macht, es andere für ihn tun. Auch am nächsten Tag tat sich nichts. Nun blieb uns ja nichts anderes übrig, frei nach dem Motto: *„Und bist du nicht willig, so brauch ich Gewalt.“* (Erlkönig v. Johann Wolfgang von Goethe) zu handeln.

Am nächsten Tag nach der Mittagspause, die Aprilsonne schien schon ganz schön warm, war es dann soweit. Vier seiner Nachbarkameraden schnappten sich den Kollegen und brachten ihn zur Waschanlage. Hier wurde er, natürlich unter Protest, ausgezogen, von Kopf bis Fuß mit Kernseife eingeseift und kräftig gewaschen. Seine Wäsche wurde ebenfalls mit Kernseife gewaschen. Zwei andere Kameraden hatten in der Zwischenzeit seine Bettstelle ausgeräumt, seine Decken in der Sonne ausgelegt und mit einer Wurzelbürste mehrmals ausgebürstet. Als sie ihn von der Waschkur zurück ins Zelt brachten, konnte er sich in seine Decken einwickeln und musste warten, bis seine Kleider wieder trocken waren. Er protestierte natürlich lautstark, drohte mir sogar mit Vergeltung nach der Entlassung aus der Gefangenschaft. Ich sagte ihm, dass er selber Schuld habe und wenn er sich in Zukunft nicht jeden Tag gründlich wasche, wie wir das auch taten, würde die Aktion bald wiederholt. Seine Bettennachbarn achteten von nun an besonders darauf, dass er sich und sein Umfeld sauber hielt.

Wenn einer von uns nachts austreten musste, dann musste er zumindest Hose und Schuhe anziehen, um zur Toilettenanlage zu gehen. In der ersten Zeit machte das auch keine Schwierigkeit, bis dann immer wieder Gefangene von den französischen Wachsoldaten, die außen am Zaun Wache gingen, belästigt wurden. Mit vorgehaltener Waffe wurden sie aufgefordert, an den Zaun zu kommen. Hatte jemand einen Ring oder eine Uhr dabei, dann wurden ihm diese abgenommen. Manchmal fielen in der Nacht sogar Schüsse. In einem Fall wurde am Morgen ein Gefangener erschossen außerhalb des Lagerzaunes aufgefunden. Es hieß dann, er hätte versucht zu fliehen und sei auf der Flucht erschossen worden. Ab diesem Zeitpunkt wurde uns verboten, in der Nacht die Toiletteneinrichtung zu besuchen. Als Notbehelf wurde vor jedem Zelteingang ein Eimer oder eine größere Büchse zum Urinieren aufgestellt, diese wurde dann frühmorgens vom Zeltdienst ausgeleert und gesäubert. Das Zusammenleben in unserem Zelt hatte sich bald gut eingespielt und klappte reibungslos. Auch an das Lagerleben gewöhnte man sich sehr schnell. Die Behandlung durch die amerikanischen Soldaten, die innerhalb des gesamten Lagers zuständig waren, war gut.

Mit den Franzosen, die für die Außenüberwachung zuständig waren, gab es immer wieder Probleme. Da außer unserem Zelt noch vier Zelte mit Jugendlichen in diesem Camp waren, trafen sich mehrere Kameraden, die sich von früher kannten. Auch ich traf zufällig einen jungen Kameraden aus einem Nachbarort meines Heimatdorfes. Wir kannten uns schon als Schulkinder. Dieser junge Kamerad war Angehöriger der Waffen-SS gewesen, aber nicht als Freiwilliger, sondern er wurde zu dieser Waffengattung einberufen. Auch er hatte sich neben einigen anderen bei den Befragungen nicht zu dieser Einheit bekannt. Die Lagerleitung ahnte das, so ging seit einigen Tagen schon das Gerücht, dass Einzeluntersuchungen vorgenommen würden. Die Angehörigen der Waffen-SS hatten die eigene Blutgruppe unter dem linken Arm eintätowiert und waren daran sicher zu erkennen. Diese Tätowierung war nicht zu entfernen, ohne dass eine Narbe zurück blieb. Eines Tages war es dann soweit, dass die Untersuchung angeordnet wurde. Zeltweise mussten wir antreten, den Oberkörper freimachen und mit erhobenen Armen an der Kommission vorbei gehen, dabei wurde jedem einzelnen sehr genau unter die linke Achsel geschaut. Die Kameraden, bei denen die Tätowierung oder eine Narbe zu sehen war, wurden sofort ausgesondert. Sie wurden noch am selben Tag in ein anderes Camp verlegt. Auch meinen Bekannten habe ich seit diesem Tag in unserem Camp nicht mehr gesehen.

Die Verpflegung war bis zum 8. Mai gut. An diesem Tag wurde über die Lagerlautsprecher in ohrenbetäubender Lautstärke die Kapitulation der Deutschen Armee und das Ende des Krieges bekanntgegeben. Anschließend wurde die amerikanische Nationalhymne gespielt. Wir waren alle erleichtert, dass es nun endlich vorbei war. Aber schon ab dem nächsten Tag änderte sich die Verpflegung. Seit diesem Zeitpunkt war nur noch Schmalhans Küchenmeister. Von Schokolade oder Zigaretten konnte man nun nur noch träumen. Auch der Verpflegungsempfang wurde anders geregelt. Jedes Zelt sollte nur noch zwei Mann zum Abholen der Verpflegung im Hauptlager stellen. Im Camp wurde schließlich die Aufteilung für die einzelnen Zelte vorgenommen. Was die Essenholer am Abend für Abendessen und Frühstück für den anderen Morgen anbrachten, hätte vielleicht für eine Mahlzeit gereicht. Wir waren alle junge Burschen und hatten guten Appetit. Nach einiger Zeit ließ das ständige Hungergefühl aber etwas nach und die Toilettengänge wurden wesentlich seltener.

Nach Kriegsende verging kaum ein Tag, an dem nicht neue Parolen im Lager aufkamen. Einmal hieß es, wir sollten noch nach England verschifft werden. Ein anderes Mal ging das Gerücht um, wir sollten zum Arbeitseinsatz verteilt werden, bis dann Ende Mai die Nachricht verbreitet wurde, ein Teil der Gefangenen sollte nach Deutschland verlegt und Jugendliche sollten bevorzugt werden. Zunächst dachte ich: „Die Botschaft höre ich wohl, allein mir fehlt der Glaube.“ (Goethes Faust) Als dann aber die älteren Kameraden der Campaufsicht dies bestätigten, hofften wir alle auch dabei zu sein. Der Transport sollte in die englische Besatzungszone verlegt und dort den Engländern übergeben werden.

Tags darauf war es amtlich. Der Transport wurde zusammengestellt und alle Kameraden aus unserem Zelt waren dabei. Schon am nächsten Morgen wurden etwa dreihundert Gefangene namentlich aufgerufen und mussten sich zum Abmarsch in Viererreihen aufstellen. Der Weg zum Bahnhof führte wieder durch einen Randbezirk der Stadt. Wie schon bei der Ankunft wurden wir von den Anwohnern der Straße beschimpft, bespuckt und mit Dreck beworfen. Als wir den Güterbahnhof erreichten, stand an der Laderampe ein Güterzug, bestehend aus neun offenen und einem gedeckten Güterwagen, bereit. Am Anfang und am Ende des Zuges war je ein Personenwagen für das Wachpersonal eingestellt. Zu je dreißig Mann wurden wir in die Wagen eingewiesen. Ich hatte das Glück und gehörte zu der Gruppe, die in den gedeckten Wagen kamen. Die offenen Wagen hatten etwa zwei Meter hohe Seitenwände, aber kein Dach. Nachdem alle Türen verschlossen waren, ging die Fahrt schon am frühen Vormittag los. Bereits nach wenigen Kilometern Fahrt wurde unser Zug von Böschungen und Brücken mit Steinen, Holzstücken und anderen Gegenständen beworfen. In unserem gedeckten Güterwagen konnte das kaum Schaden anrichten. In den offenen Wagen jedoch wurden mehrere Kameraden zum Teil schwer verletzt. Der

Zug hielt an einigen Bahnhöfen, wo die Verletzten mit Krankenwagen abtransportiert wurden. Die amerikanischen Wachsoldaten schossen später mit ihren Maschinenpistolen in die Luft, wenn eine Brücke in Sicht war, um die Steinewerfer zu vertreiben. Nach einer mehrstündigen Horrorfahrt durch Frankreich, Belgien und Holland erreichten wir die deutsche Grenze in der Nähe von Mönchengladbach. Hier wurden wir ausgeladen und an die englischen Wachsoldaten übergeben. Zunächst waren wir natürlich alle froh, wieder auf deutschem Boden zu sein. Noch ahnten wir ja nicht, was uns hier erwartete. Dann hieß es auch hier „In Viererreihen aufstellen!“ und ein Fußmarsch von über einer Stunde begann. An einem Dorf, an dem wir vorbeikamen, winkten uns die Menschen freundlich zu.

Unser Marsch endete in einem großen, offenen Gelände, das mit einem etwa zweimeterfünfzig hohen Zaun aus Maschen- und Stacheldraht abgegrenzt war. Der Innenraum dieses riesigen Käfigs war durch gleichhohe Zäune in mehrere Teile unterteilt.

Neben dem großen Eingangstor, außerhalb des Zaunes, waren drei verschieden große Holzbaracken aufgebaut. Um diese Baracken herum war auf einer größeren Fläche der Aufwuchs abgemäht. Das übrige Areal war über kniehoch mit Gras, zum Teil auch mit Getreide bewachsen. Außer den Baracken am Eingangstor war in dem riesigen Gelände kein Gebäude oder ein Dach zu sehen. In einen dieser Teilkäfige wurde unser gesamter Transport hineingeführt. Hier konnten wir uns frei bewegen. Unser Käfig lag mit einer Seite an der Außenfront der Umzäunung. Hier war eine Grube ausgehoben. Davor war in Sitzhöhe, auf drei Pfählen, ein Querbalken als Klo befestigt. Etwas abseits davon war über einer Holzrinne die Wasserleitung mit mehreren Zapfhähnen für Wasch- und Trinkwasser installiert. Das war die einzige feste Einrichtung, die wir hatten.

Da es mittlerweile später Nachmittag war, war uns klar, dass wir die Nacht hier verbringen mussten. Um nicht auf blankem Boden liegen zu müssen, rupften wir uns ganze Bündel von dem hohen Gras als Unterlage. Wer noch im Besitz einer Zeltplane war, legte diese darüber und fertig war die Matratze. Mit dem Militärmantel als Zudecke und Kochgeschirr und Brotbeutel als Kopfkissen war das Nachtlager fertig. Um uns gegenseitig etwas warm zu halten, legten wir uns ziemlich nahe nebeneinander. Jung und müde, hätte ich bestimmt auch hier gut geschlafen – wenn nur der Hunger nicht gewesen wäre. Dabei waren wir vom Lager Cherbourg nicht verwöhnt, hier hatten wir am ersten Tag auch noch nichts zu essen bekommen. Auch Anfang Juni waren die Nächte noch ziemlich frisch, zudem ging auch ein kühler Wind. Nach etwa drei Stunden Schlaf war ich so ausgekühlt, dass ich aufstehen musste, um mich durch Bewegung wieder etwas aufzuwärmen. Aber das war nicht nur mein Problem, von vielen anderen Schlafplätzen erhoben sich die Kameraden, um das Gleiche zu tun.

Am nächsten Morgen sahen wir uns dann in unserer Umgebung etwas um, weil wir sehen wollten, wie andere Kameraden die Nacht verbracht hatten.

Von dem üppigen Aufwuchs. der bei unserer Ankunft hier stand. war fast nichts mehr zu sehen. Fast alles war abgerupft und lag an den Schlafstellen als Unterlage. Bei diesem Rundgang klangen plötzlich einige Worte in Eifeler Platt an mein Ohr. Es waren zwei Kameraden aus den Nachbarorten meines Heimatdorfes, die ich vorher aber nicht kannte. Wir machten uns gegenseitig bekannt und beschlossen, dass wir ab sofort zusammen bleiben wollten. Unsere Unterhaltung wurde nun nur noch auf Platt geführt, sodass andere manchmal glaubten, wir seien Ausländer. Ich holte meine Sachen, einschließlich der Grasmatratze und zog bei ihnen ein. Ihre Schlafstelle war auch für drei Mann ausreichend groß.

Im Laufe dieses Vormittags gab es dann zum ersten Mal in diesem Lager etwas zum Essen. Die Tagesration bestand aus einer Scheibe von dem schwammigen Weizenbrot, etwa drei Zentimeter dick, das wir aus dem Lager Cherbourg schon kanten, einem Esslöffel Maggi Trockensuppe, einem Esslöffel Trockenkartoffeln und etwas Trockengemüse. Mit ausreichend Wasser gaben wir die Trockenzutaten in eine größere Blechbüchse und kochten daraus eine Suppe. Anfangs fanden wir innerhalb unseres Käfigs noch genügend saubere Kleeblätter, die wir dann zum Schluss noch dazu gaben. Aber schon nach einer Woche war im Käfig und auch außerhalb des Zaunes, soweit man mit einem Arm darunter durch reichte, kein essbares Grün mehr zu finden. Als Brennmaterial für das Kochfeuer diente trockenes Gras und Pappe oder Holzkisten, die man beim Verpflegungsempfang mitnehmen konnte. Manchmal mussten auch schon Späne von den Zaunpfählen abgeschnitten werden. Die so zubereitete Suppe wurde redlich durch drei geteilt, sie schmeckte mit einem Stückchen Brot einigermaßen – Hunger ist nun mal der beste Koch.

Am Nachmittag begannen wir schon mit den uns zur Verfügung stehenden primitiven Mitteln mit dem Ausheben einer Schlafgrube. Der Boden war tiefgründiger dunkler Sandboden. Sorgfältig steckten wir die Oberfläche ab, damit wurde später der

Erdaushub zur Grubenseite abgedeckt. Den Erdaushub schichteten wir etwa dreißig Zentimeter vom Grubenrand in nordwestlicher bis nordöstlicher Richtung auf. Nach etwa drei Stunden hatten wir die Grube ungefähr fünfzig Zentimeter tief fertig. Mit dem aufgeschichteten Erdaushub sollte das reichen, um den kalten Nachtwind abzuhalten. Tiefer wollten wir nicht graben, weil wir befürchteten, dass die Seitenwände des lockeren Bodens sonst einbrechen würden. Nun wurden die Grasbündel als Matratze auf den Boden verteilt und eine Zeltplane darüber gespannt. Nach einem Probeliegen waren wir mit unserer Arbeit zufrieden und hofften, ausreichend vor dem kalten Nachtwind geschützt zu sein. Verschiedene andere Schlafgemeinschaften gruben ihre Löscher wesentlich tiefer, einige unterhöhlten sogar die Grube ein Stück weit. Es dauerte allerdings nicht lange bis die ersten dieser Höhlen einbrachen.

In der zweiten Woche lernten wir noch einen weiteren Eifeler Kameraden kennen. Adam war schon ein älterer Mann, er war Bauer und als solcher bis

Anfang 1944 vom Wehrdienst freigestellt. Schließlich war er noch zu einer Flaggeinheit einberufen worden. Er stammte aus einem kleinen Eifeldorf in der Nähe von Bitburg, also aus unmittelbarer Nähe unserer Heimatdörfer. Auch er hatte sich mit einigen Kameraden seiner Einheit zusammen ein Schlafloch gegraben. Tagsüber waren wir nun viel zusammen, erzählten von Zuhause und von gemeinsamen Bekannten. Die Verpflegung änderte sich nicht. Der sogenannte Donnerbalken brauchte nur selten besucht zu werden, aber wenn man glaubte, es müsste einmal sein, liefen einem die Tränen über die Wangen ehe man einen Klicker los war.

Entlassung

Auch in diesem Lager wurden täglich neue Parolen in die Welt gesetzt, die meistens aber jeder Wahrheit entbehrten. Dass Deutschland von den Siegermächten in vier Zonen eingeteilt war, wurde schon seit längerem erzählt. Die genauen Grenzen dieser Zonen waren uns aber noch nicht bekannt. Eines Tages kam das Gerücht auf, die Engländer würden Landwirte und Bauarbeiter vorrangig, aber nur in die englische Besatzungszone entlassen.

Nun wurden zu viert Pläne geschmiedet, wie man es anstellen könnte, zu den ersten zu gehören, die aus diesem Hungerlager entlassen würden. Landwirt oder Bauarbeiter konnte jeder sein, das war also kein Problem. Man musste aber eine glaubwürdige Heimatanschrift in der englischen Besatzungszone angeben. Meine beiden Kameraden hatten Verwandte im Raum Köln und wollten deren Anschriften angeben. Bei Adam und mir war das aber schwieriger, wir kannten keine Anschrift in der englischen Zone. Adam war im Kreis Bitburg und ich im Kreis Prüm, beides Regierungsbezirk Trier, zuhause. Auf jeden Fall wollten wir aber auch versuchen, einen Entlassungsschein zu bekommen. In der Hoffnung, dass die Schreiber der Entlassungsstelle nicht jeden kleinen Ort in der Eifel kennen würden, entschloss ich mich, meinen richtigen Heimatort anzugeben, jedoch zum Kreis Bonn im Regierungsbezirk Köln gehörig. Mit Adam übten wir das gleiche auch stundenlang, bis wir der Meinung waren, dass er sich bei der Frage nach seiner Heimatanschrift nicht mehr verspricht. Als schließlich der Tag kam, an dem man sich zur Entlassung melden konnte, fragten wir Adam noch einmal nach seiner Heimatanschrift. Er nannte uns die vereinbarte Anschrift im Raum Köln. Guten Mutes reihten wir uns in die lange Reihe der Antragsteller ein. Wenn sich nicht zufällig einer der Schreiber in der Eifel auskannte und wusste, wo die von uns genannten Orte lagen, könnte es klappen. Diesen Schwindel sahen wir als einen Akt der Selbstverteidigung an, denn wir wollten hier nicht verhungern. In der Meldebaracke saßen an zwei Tischen je ein Schreiber, der gut Deutsch sprach, und ein englischer Soldat. Meine beiden Kameraden und ich bekamen unsere Entlassungsscheine ohne Nachfrage. Bei Adam klappte es nicht, er hatte nicht die Nervenstärke und nannte nicht die eingeübte Anschrift, sondern seine richtige Heimatanschrift und wurde zurückgewiesen. Wir warteten am Tor auf ihn und sahen schon an seinem Gesicht, dass es nicht geklappt hatte, als er aus der Baracke kam. Er kam erst viele Monate nach uns nach Hause.

Heimreise

Auf meinem Entlassungsschein steht als Anschrift *Zendscheid, Kreis Bonn, Regierungsbezirk Köln* mit dem Datum vom 29. Juni 1945.

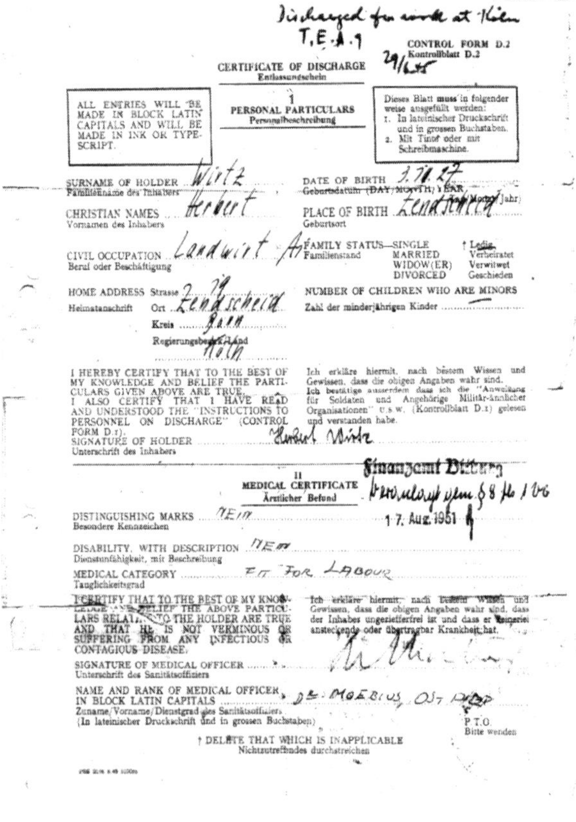

T.E.A.9

CONTROL FORM D.2
Kontrollblatt D.2

CERTIFICATE OF DISCHARGE
Entlassungsschein

29/6.45

I
PERSONAL PARTICULARS
Personalbeschreibung

ALL ENTRIES WILL BE MADE IN BLOCK LATIN CAPITALS AND WILL BE MADE IN INK OR TYPESCRIPT.

Dieses Blatt muss in folgender weise ausgefüllt werden:
1. In lateinischer Druckschrift und in grossen Buchstaben.
2. Mit Tinte oder mit Schreibmaschine.

SURNAME OF HOLDER / Familienname des Inhabers: Wirtz

DATE OF BIRTH / Geburtsdatum (DAY/MONTH/YEAR) (Tag/Monat/Jahr): 3.10.27

CHRISTIAN NAMES / Vornamen des Inhabers: Herbert

PLACE OF BIRTH / Geburtsort: Zendscheid

CIVIL OCCUPATION / Beruf oder Beschäftigung: Landwirt

FAMILY STATUS—SINGLE / MARRIED / WIDOW(ER) / DIVORCED
Familienstand † Ledig / Verheiratet / Verwitwet / Geschieden

HOME ADDRESS / Heimatanschrift
Strasse: 29
Ort: Zendscheid
Kreis: Bonn
Regierungsbezirk/Land: Köln

NUMBER OF CHILDREN WHO ARE MINORS / Zahl der minderjährigen Kinder: —

I HEREBY CERTIFY THAT TO THE BEST OF MY KNOWLEDGE AND BELIEF THE PARTICULARS GIVEN ABOVE ARE TRUE.
I ALSO CERTIFY THAT I HAVE READ AND UNDERSTOOD THE "INSTRUCTIONS TO PERSONNEL ON DISCHARGE" (CONTROL FORM D.1).

Ich erkläre hiermit, nach bestem Wissen und Gewissen, dass die obigen Angaben wahr sind.
Ich bestätige ausserdem dass ich die "Anweisung für Soldaten und Angehörige Militär-ähnlicher Organisationen" u.s.w. (Kontrollblatt D.1) gelesen und verstanden habe.

SIGNATURE OF HOLDER / Unterschrift des Inhabers: Herbert Wirtz

II
MEDICAL CERTIFICATE
Ärztlicher Befund

17. Aug. 1951

DISTINGUISHING MARKS / Besondere Kennzeichen: Nein

DISABILITY, WITH DESCRIPTION / Dienstunfähigkeit, mit Beschreibung: Nein

MEDICAL CATEGORY / Tauglichkeitsgrad: FIT FOR LABOUR

I CERTIFY THAT TO THE BEST OF MY KNOWLEDGE AND BELIEF THE ABOVE PARTICULARS RELATING TO THE HOLDER ARE TRUE AND THAT HE IS NOT VERMINOUS OR SUFFERING FROM ANY INFECTIOUS OR CONTAGIOUS DISEASE.

Ich erkläre hiermit, nach bestem Wissen und Gewissen, dass die obigen Angaben wahr sind, dass der Inhaber ungezieferfrei ist und dass er keinerlei ansteckende oder übertragbar Krankheit hat.

SIGNATURE OF MEDICAL OFFICER / Unterschrift des Sanitätsoffiziers

NAME AND RANK OF MEDICAL OFFICER IN BLOCK LATIN CAPITALS / Zuname/Vorname/Dienstgrad des Sanitätsoffiziers (In lateinischer Druckschrift und in grossen Buchstaben): DR. MOEBIUS

P.T.O.
Bitte wenden

† DELETE THAT WHICH IS INAPPLICABLE
Nichtzutreffendes durchstreichen

Von Beruf war ich Landwirt. Am übernächsten Morgen standen einige große Militärlastwagen der Engländer am Eingangstor. Die Entlassungsscheine mussten noch einmal vorgezeigt werden, dann durften wir die Fahrzeuge besteigen. Wir, die drei Eifeler, blieben immer zusammen. Wo die Fahrt hingehen sollte, wussten wir nicht. Wir durchfuhren mehrere Dörfer, wo uns die Menschen freundlich zuwinkten. Man hatte den Eindruck, sie freuten sich mit uns, dass wir entlassen wurden. Nach einer Fahrt von über einer Stunde erreichten wir Köln. Der erste Eindruck von dem, was von dieser schönen Stadt am Rhein noch übrig war, trieb uns die Tränen in die Augen. Ganze Straßenzüge lagen in Schutt und Asche. An mehreren Stellen sah man Frauen in Kittelschürzen, die mit Schaufel und Schubkarre den Schutt wegräumten. An einem freien Platz, in der Nähe des Güterbahnhofs, hielten die Lastwagen an und wir durften absteigen. Von nun an mussten wir die Heimreise selber organisieren.

Als die Lastwagen abgefahren waren, hatte sich die Gruppe der Entlassenen schnell verteilt. Wir drei Eifeler standen zusammen, waren froh, endlich wieder außerhalb eines Käfigs zu sein, wussten aber zunächst nicht, wie es weitergehen sollte. An einem Gleis des Güterbahnhofs war ein Mitarbeiter der Bahn damit beschäftigt, die abgestellten Güterwagen aufzuschreiben. Wir sprachen den Mann an und fragten ihn, wie wir am schnellsten zum Hauptbahnhof kämen, um einen Zug Richtung Gerolstein – Trier zu erreichen. Der Eisenbahner sah uns groß an, schüttelte den Kopf, dann sagte er: „Auf der Eifelbahn fährt in absehbarer Zeit noch kein Zug. Die deutschen Truppen haben bei ihrem Rückzug fast alle Brücken und Tunnels gesprengt." Auf unsere Frage, ob er eine andere Möglichkeit wisse, wie wir weiterkommen könnten, hatte er zunächst auch keine Antwort. Der Mann, der sehr freundlich und hilfsbereit war, sagte uns schließlich aber, in einem Nachbargleis stehe ein Güterzug Richtung Koblenz zur Abfahrt bereit. Er wollte mit dem Zugführer sprechen, ob der uns bis nach Andernach mitnehmen könnte. Gemeinsam gingen wir zu dem Zugführer und erklärten ihm unser Anliegen. Seine erste Antwort war: „Ich darf euch nicht mitnehmen.“ Nun erklärten wir den Eisenbahnern unsere missliche Lage: Wir hatten Entlassungsscheine für die englische Zone, unsere Heimatorte waren aber im Raum Bitburg in der französischen Zone. Daraufhin sagten uns die Männer, dass in den wenigen Reisezügen Richtung Koblenz an der Zonengrenze fast immer Kontrollen seien. Das konnten wir auf keinen Fall riskieren. Wären wir bei einer solchen Kontrolle erwischt worden, wären wir unweigerlich in dem berüchtigten französischen Hungerlager Bretzenheim gelandet, so wie es vielen anderen Kameraden ergangen ist. Nachdem wir nochmal eindringlich darum gebeten hatten, uns doch weiter zu helfen, berieten sich die beiden noch einmal kurz. Dann sagte uns der Zugführer: „In der letzten Hälfte des Zuges sind drei Wagen eingestellt, die an einer Stirnseite ein Bremserhäuschen haben, das nicht besetzt ist und jeweils Platz für einen Mann bietet. Ich muss diese vor der Abfahrt nicht unbedingt kontrollieren. Wir halten in Andernach, um Wagen abzusetzen. Steigt dann dort aber auf der dem Bahnhof abgewandten Seite ab und verschwindet unauffällig. Ich habe Euch nicht gesehen.“ Wir bedankten uns herzlich bei den hilfsbereiten Männern und bestiegen unsere Bremserhäuschen. Die Fahrt bis Andernach dauerte eine knappe Stunde und verlief ohne Störung. Beim Halten stiegen wir sofort ab und verließen unauffällig den Güterbahnhof. Andernach war schon französische Zone, die Zonengrenze lag also hinter uns. Den Personenbahnhof mieden wir aus Angst vor einer Kontrolle.

Von einem Passanten in Nähe des Bahnhofsgebäudes erfuhren wir, dass noch keine Personenzüge auf der Strecke Andernach –Mayen – Daun – Gerolstein verkehren würden. Er erklärte uns aber, welche Straße wir nehmen sollten. „Auf dieser Straße fahren öfter schon private Lastkraftwagen Richtung Mayen – Daun, die werden euch sicher mitnehmen, wenn sie Platz haben“, sagte er. Wir bedankten uns und machten uns in der vorgeschlagenen Richtung auf den Weg. So war es dann auch. Fast jedes Fahrzeug, das in unsere Richtung fuhr, hielt an und fragte, ob wir mitfahren wollten. So schafften wir es am ersten Tag mit kurzen Fußmärschen bis Kottenheim. Vor 22 Uhr mussten wir von der Straße sein, denn ab dann war Sperrstunde. Am Ortsrand von Kottenheim fragten wir an einem Bauernhaus, ob wir die Nacht in der Scheune schlafen dürften. Wir waren ja nicht verwöhnt, denn seit Wochen hatten wir am Tag wie auch in der Nacht kein Dach mehr über dem Kopf gehabt. Die Bauersfrau aber duldete das nicht. Sie bat uns ins Wohnhaus und richtete in einem Zimmer eine Schlafgelegenheit für uns drei. Sie gab uns auch Handtücher und Seife, damit wir uns waschen konnten. Zwischenzeitlich hatte die Bäuerin für uns den Tisch gedeckt, mit Kaffee, Brot, Butter, Marmelade und Wurst. Wir konnten aber nur eine Kleinigkeit essen, denn unsere Mägen waren seit längerer Zeit schon keine normale Kost mehr gewöhnt. Wir bedankten uns herzlich für die freundliche Aufnahme und Bewirtung und da wir recht müde waren, zogen wir uns früh in unser Zimmer zurück. Weil wir am anderen Tag bei Tagesanbruch weiter wollten, ohne die Bewohner des Hauses zu stören, fragten wir noch nach dem besten Weg für die Weiterreise und ob wir das Haus ohne ihre Anwesenheit verlassen könnten. Die Bäuerin aber sagte uns: „Wenn es Tag wird, beginnt bei uns die Arbeit. Es ist mit Sicherheit jemand auf, ehe ihr weiterzieht.“ So war es auch. Schon bevor es richtig hell war, hörten wir Leben im Haus. Als wir in die Küche kamen, um uns zu verabschieden, war der Kaffeetisch schon gedeckt und für jeden von uns war ein Butterbrot für unterwegs eingepackt. Wir aßen und tranken noch eine Kleinigkeit, bedankten uns erneut herzlich bei diesen gastfreundlichen Menschen und machten uns auf den Weg.

Nach Möglichkeit wollten wir es an diesem Tag bis nach Hause schaffen. Auch an diesem Tag hielten fast alle Fahrzeuge, die in unsere Richtung fuhren, an und fragten. ob wir mitfahren wollten. Mit einigen Fußwegstrecken schafften wir es, gegen 18 Uhr in Gerolstein zu sein. Für die letzte Wegstrecke bis zu meinem Heimatort Zendscheid hatten wir keine Mitfahrgelegenheit mehr. Diese Strecke, rund fünfzehn Kilometer, war auch zu Fuß bis zum Beginn der Sperrstunde noch gut zu schaffen. Gegen 21 Uhr waren wir schließlich am Bahnübergang kurz vor der Brücke von Zendscheid, die natürlich auch gesprengt, aber schon durch eine Notbrücke ersetzt worden war. Hier verabschiedete ich meine beiden Leidensgenossen, ich hatte nur noch zweihundert Meter bis zu meinem Elternhaus. Total erschöpft, aber glücklich, endlich wieder zu Hause zu sein, nahmen mich meine Eltern und Geschwister in die Arme. Meine beiden Kameraden schafften es auch noch vor Beginn der Sperrstunde bis St. Thomas, wo einer von ihnen zu Hause war. Der dritte konnte erst am nächsten Morgen sein Elternhaus in Kyllburg erreichen.

Es hat fünf bis sechs Wochen gedauert, bis Mutter mich, zuerst mit Tee und Haferschleim, soweit aufgepäppelt hatte, dass ich wieder normale Kost vertragen habe und am Familientisch mitessen konnte. Schon am 15. August 1945 wurde ich bei der damaligen Reichsbahn eingestellt, denn für den Wiederaufbau wurde jede Hand gebraucht.

Nachkriegszeit

Nach Kriegsende entschieden die Siegermächte über die Zukunft Deutschlands. Zunächst wurde Deutschland in vier Besatzungszonen, die russische, die amerikanische, die englische und die französische Zone, aufgeteilt. Unsere engere Heimat, die Kreise Bitburg und Prüm, wurden der französischen Zone zugeteilt, wovon dann später ein Teil von der Luxemburger Armee übernommen wurde.

Eine der ersten Anordnungen bezog sich auf die politische Säuberung. Obwohl ich bei Entlassung aus der Kriegsgefangenschaft erst 17 Jahre alt war, musste ich mich einer Befragung über meine Zugehörigkeit zu NS-Verbänden stellen. Ich erhielt im August 1948 vom Landeskommissar für politische Säuberung den Bescheid, dass ich unter die Jugendamnestie falle. Dieser Nachweis wurde auch 1949 bei der Bewerbung um Zulassung zu einer Beamtenlaufbahn bei der damaligen Reichsbahn noch gebraucht.

Auch über die Reihenfolge des Wiederaufbaus der Eifeleisenbahn entschieden in unserem Bereich die zuständigen französischen Stellen. Zunächst mussten die Trümmerteile der gesprengten Brücken aus dem Flussbett der Kyll gehoben und die Schuttberge aus den gesprengten Tunnels geräumt werden. Alle diese schweren, zum Teil auch gefährlichen Arbeiten, mussten in Handarbeit mit ganz primitiven Hilfsmitteln gemacht werden. Meine erste Arbeitsstelle bei der damaligen Bahnmeisterei Kyllburg war Ende 1945 an der gesprengten Eisenbahnbrücke bei Usch. Ein Widerlager und ein Pfeiler waren gesprengt worden und die großen Eisenträger waren zum Teil verbogen und lagen im Flussbett. Zunächst mussten die schweren Sandsteine der Widerlager und Pfeiler aus dem Flussbett geräumt werden. Dann wurden die Eisenträger mit Schneidbrennern in kleinere Teile getrennt und mit zwei handbedienten Seilwinden aus dem Flussbett gezogen. Zunächst aber mussten die Seilwinden selbst kräftig verankert werden, da sie viel leichter waren als die Eisenträgerteile. Anschließend wurden die Stahlseile an den Trägerteilen im Wasser befestigt und diese langsam an Land gezogen. Für die Bedienung der Winden waren jeweils vier Mann erforderlich, an jeder Seitenkurbel je zwei Mann. Die Stahltrosse standen manchmal derart unter Spannung, dass die einfachen Sicherungen der Winden den Druck nicht aushielten. So kam es eines Tages wie es vorhersehbar war: Die Sicherung der Seilwinde, an der ich an einer Kurbel eingeteilt war, hielt dem Druck nicht stand, die Kurbel schlug mit voller Wucht zurück und zertrümmerte mir den Knöchel am Zeigefinger der linken Hand. Nachdem die Hand behandelt und geschient war, wurde ich zunächst einmal für vier Wochen krankgeschrieben.

Nach fünf Wochen, die Schienung der Hand war gerade erst abgenommen, schrieb mich der Arzt schon gesund, mit dem Zusatz vorerst nur für leichte Arbeit. Da ich die linke Hand noch kaum gebrauchen konnte, wurde ich für den Wachdienst an der Baustelle einer Eisenbahnbrücke zwischen St. Thomas und Kyllburg eingeteilt. An diesen Baustellen lagerten in der Regel verschiedene Baumaterialien. Vor allem Zement und Moniereisen waren Sachen, die auch von privaten Bauherren gebraucht und deshalb viel an diesen Baustellen gestohlen wurden. Als die Diebstähle dann überhand nahmen, wurden dort Nachtwachen eingeteilt, die die Baustellen von Arbeitsschluss bis zum Arbeitsbeginn am nächsten Tag bewachen mussten. Diese Arbeit konnte auch ein nicht voll einsetzbarer Arbeiter übernehmen. Eine kleine dünnwandige Holzbaracke, die mit einem sogenannten Kanonenofen beheizt werden konnte, war der Aufenthaltsort für den Nachtwächter. Es war eine langweilige und nicht befriedigende Tätigkeit. Die Nächte im Spätherbst und Winter 1945/46 waren recht kalt, sodass man den kleinen Ofen ständig kräftig befeuern musste. Gegen die Langweile half nur Lesen, sofern man interessanten Lesestoff zur Verfügung hatte.

Bis zum Frühjahr 1946 war meine linke Hand wieder einigermaßen brauchbar und ich wurde an die Brückenbaustelle am Ortsrand von St. Thomas eingeteilt. Diese Brücke hatte eine etwa drei Meter hohe selbsttragende, längs und quer verstrebte Eisenkonstruktion. Ein Widerlager war von den deutschen Pionieren während des Rückzuges gesprengt worden. Nun lag diese viele Tonnen schwere Konstruktion samt Schienen und Schwellen im Flussbett. Die Brücke sollte für den eingleisigen Bahnbetrieb wieder aufgebaut werden. Nachdem zunächst die Schienen und Schwellen der Gleise abgebaut und das Flussbett geräumt war, konnte mit der Hebung der schweren Trägerteile begonnen werden. Mit einfachen, handbedienten Öldruckhebegeräten wurden diese schweren Teile Zentimeter für Zentimeter gehoben. Das war eine mühsame, zeitaufwendige Arbeit. Für das Unterbauen wurden große Holzschwellen gebraucht. Mit drei weiteren Arbeitskollegen wurden wir mit einem alten Holzvergaser LKW zum Sägewerk nach Oberkail geschickt, um eine Ladung Schwellen abzuholen. Diese Schwellen, die aus frisch geschlagenen Bäumen geschnitten waren, waren so schwer, dass wir sie mit drei Mann auf den LKW heben mussten. Die Ladefläche des LKWs wurde bis zur Höhe der Seitenwände mit diesen schweren Holzschwellen beladen. Eine weitere Sicherung für die Ladung war nicht vorhanden. Wie für die Herfahrt konnte auch für die Rückfahrt ein Kollege im Führerhaus mitfahren, die anderen drei saßen oben auf der Ladung.

Es war schon ein ungutes Gefühl, vor allem auf der Gefällstrecke Richtung Kyllburg, oben auf der ungesicherten Ladung zu sitzen. Dreiviertel der Wegstrecke hatten wir ohne Zwischenfälle geschafft, als plötzlich in einer scharfen Linkskurve zwischen Kyllburg und St. Thomas die Lenkung des LKWs, vermutlich wegen Überladung, blockierte. Das Fahrzeug kam nach links von der Straße ab und kippte samt Ladung in die steil abfallende Böschung. Wir, die drei Mitfahrer von oben auf der Ladung, flogen im hohen Bogen die Böschung hinunter. Fahrzeug und fast die gesamte Ladung wurden von zwei starken Buchen, die am oberen Rand der Böschung standen, aufgefangen. Trotzdem wurde einem der Kollegen ein Arm zerquetscht, sodass er amputiert werden musste. Ich war auf der linken Schulter gelandet und hatte das Schlüsselbein gebrochen. Fahrer, Beifahrer und ein weiterer Kollege waren unverletzt. Die beiden starken Buchen am oberen Rand der Böschung haben uns vermutlich das Leben gerettet.

Im ersten Schock verspürte ich kaum Schmerzen. Erst als ich mühsam den steilen Abhang wieder hochgeklettert war und am Straßenrand stand, wurden die Schmerzen immer schlimmer. Wie der schwerverletzte Kollege abtransportiert wurde, weiß ich nicht mehr. Plötzlich stand ich allein mit gebrochenem Schlüsselbein an der Straße. Was nun? Ich musste versuchen, zu Fuß nach Kyllburg zu einem Arzt zu kommen. Die Verbindungsstraße zwischen St. Thomas und Kyllburg war damals nur grob geschottert und auch nur wenig befahren. Schritt für Schritt ging ich über die Grasnarbe am Rand der Straße. Jeder Schritt bereitete mir höllische Schmerzen, obwohl ich nur ganz kleine Schritte machte.

Nach fast zwei Stunden habe ich dann schweißgebadet an der Tür der Praxis von Dr. Beckmann geklingelt. Der Arzt untersuchte mich, gab mir eine Spritze gegen die Schmerzen und stellte den Arm ruhig. „Du musst ins Krankenhaus nach Bitburg“, sagte mir der Arzt, „die Schulter muss operiert werden.“ Mittlerweile war es später Nachmittag, wie sollte ich jetzt nach Bitburg kommen? Es gab weder Krankenwagen noch Taxis. Der Arzt war einer der ganz wenigen, die damals schon ein Auto hatten. Nach kurzem Überlegen sagte er dann: „Es gibt wohl keine andere Möglichkeit, ich muss dich selbst zum Krankenhaus bringen.“ Auch die Fahrt über die schlechten Straßen in dem hart gefederten Auto bereiteten trotz Spritze noch starke Schmerzen.

Nach nicht ganz drei Wochen im Krankenhaus wurde ich nach Hause entlassen. Es dauerte dann aber noch vier Monate, ehe ich wieder voll arbeitsfähig geschrieben wurde. Behindert hat mich diese Verletzung noch Jahre.

Im Laufe des Sommers 1946 wurden die Brückenbaustellen von privaten Baufirmen übernommen. Wir, die Bahnarbeiter, wurden nun überwiegend für die Reparatur oder den Umbau der Weichen und Gleisanlagen eingesetzt. Nachdem dann Ende Dezember 1946 die ersten durchgehenden Züge von Jünkerath bis Trier fahren konnten, wurde ich mit sieben weiteren Arbeitskollegen im Frühjahr 1947 für den Wiederaufbau der Nebenbahn Jünkerath-Hallschlag zur Bahnmeisterei Jünkerath abgeordnet. Diese Strecke, auf der die Gleisanlagen auch teilweise zerstört waren, sollte auf Anordnung der Besatzungsmacht nun wieder befahrbar gemacht werden. Sie wurde überwiegend für den Abtransport von Holz nach Belgien und Frankreich gebraucht. Die Besatzungsmacht ließ in der Folgezeit riesige Waldflächen abholzen. Das Holz wurde als Reparationsleistung überwiegend nach Frankreich verbracht.

Für uns, die acht Gastarbeiter aus der Bahnmeisterei Kyllburg, wurde eine Notunterkunft im Bahnhof Hallschlag eingerichtet, da die tägliche Heimfahrt wegen der weiten Entfernung nicht möglich war. In einem leerstehenden ehemaligen Dienstraum des Bahnhofs wurden vier doppelstöckige Feldbetten, Tisch und Stühle aufgestellt. Beheizt wurde der Raum mit einem Holzkohleofen. Damit war die Einrichtung komplett. Waschmöglichkeit, fließendes Wasser und Toiletten waren auch notdürftig hergerichtet. Hier waren wir von montags bis samstags zu Hause. Mit dem Frühzug fuhren wir montags bis Jünkerath, wurden dort von einem französischen LKW abgeholt und zu unserer Notunterkunft gebracht. Nach dem Umkleiden in Arbeitskleidung wurden wir anschließend zur jeweiligen Baustelle an der Strecke gefahren. Die Arbeitszeit betrug montags von zehn bis achtzehn Uhr, dienstags bis freitags von acht bis achtzehn Uhr mit einer Stunde Mittagspause und samstags von acht bis vierzehn Uhr. Am Samstag nach vierzehn Uhr wurden wir wieder von einem französischen LKW an der Baustelle abgeholt und zum Bahnhof nach Jünkerath gefahren, von wo wir dann mit dem Zug nach Hause fuhren. Zu dieser Zeit war beim Bahnhof Jünkerath eine Betriebsküche eingerichtet. Von dort wurde uns jeden Mittag eine warme Suppe mit einem französischen Fahrzeug zur Baustelle gebracht. Die übrige Verpflegung für die Woche musste man von zu Hause mitbringen. Damals wohnte ich noch bei meinen Eltern, sodass Mutter mir den Rucksack an jedem Montag ausreichend mit guter Verpflegung für die Woche packte. Aber auch die anderen Arbeitskollegen waren von zu Hause überwiegend Selbst- oder Teilselbstversorger, sodass wir alle genug zu essen hatten. Wenn wir von dem, was wir in dieser Zeit verdienten, unseren Lebensunterhalt hätten bestreiten müssen, wären wir verhungert. Für die damalige Reichsmark konnte man kaum noch etwas kaufen. Eine Zigarette Lucky Strike wurde in Hallschlag für fünf Reichsmark gehandelt. Nachdem die Nebenbahn dann im Sommer wieder notdürftig befahrbar war, wurde unsere Abordnung aufgehoben und wir arbeiteten wieder bei der Heimatdienststelle.

Das normale Dorfleben lief nach der Heimkunft aus Gefangenschaft erstmal ganz langsam wieder an. Es war einfach nicht mehr so wie es vorher war. Zu viele junge Männer fehlten, waren gefallen oder noch vermisst.

Im ersten Winter in Freiheit schien unser Dorf nach Einbruch der Dunkelheit wie ausgestorben, selbst die Jugendlichen, die sich sonst nach Feierabend noch getroffen hatten, blieben zu Hause bei ihren Familien. In den katholischen Familien wurde an den langen Winterabenden mindestens zweimal in der Woche der Rosenkranz gebetet. Unsere Mutter hatte auch an den langen Winterabenden immer genug zu tun, wenn mal ausnahmsweise nichts kaputt war, was geflickt werden musste, wurden Strümpfe oder Pullover gestrickt. Vater, der zu dieser Zeit Ortsbürgermeister war, hatte oft Besuch oder war mit der Dorfpolitik beschäftigt. Er vermisste die Tageszeitung sehr, diese wurde aber erst nachdem die Züge auf der Eifelbahn wieder fuhren, regelmäßig geliefert. Wir, die übrigen Familienmitglieder, machten manchmal Spiele oder lasen, sofern Lesestoff vorhanden war. Erst ab dem zweiten Nachkriegswinter 1946/47 normalisierte sich das Dorfleben. Die Jugendlichen trafen sich wieder, Liederabende wurden organisiert und durchgeführt. Theaterstücke eingeübt und auch aufgeführt. Die vergangene schlimme Zeit war zwar nicht vergessen, doch die Erinnerung verblasste langsam. Das Leben musste weiter gehen.

An den freien Wochenenden war fast immer Nachbarschaftshilfe angesagt. Die im Herbst geerntete und in den Scheunen gelagerte Körnerfrucht musste ausgedroschen und gereinigt werden. Diese

Arbeiten wurden noch alle in Handarbeit gemacht. Die Getreidegarben wurden auf dem Scheunenboden ausgelegt und von zwei oder drei Mann mit dem Dreschflegel ausgedroschen. Das Dreschen mit dem Dreschflegel sollte vorher schon etwas geübt werden, es musste im gleichmäßigem Takt gedroschen werden, damit nicht einer den anderen behinderte. Nach dem Ausdreschen der Garben wurde das Stroh wieder aufgenommen, gebündelt und an anderer Stelle in der Scheune gelagert. Weizen und Haferstroh wurde in der Regel als Zusatzfutter für das Vieh gebraucht. Roggen und Gerstenstroh wurde als Streu verwendet. Die ausgedroschenen Körner mit der Spreu wurden aufgenommen und zunächst durch ein Sieb geschüttelt. Die grobere Spreu blieb im Sieb und wurde in der Regel für die Viehfütterung gebraucht. Die Körner und die geringere Spreu, die durch das Sieb fielen, kehrten wir auf und reinigten sie noch einmal in einem besonderen handbedienten Gerät (Bloswahn) mit Luftdruck. Die so sauber gereinigten Körner füllten wir in Säcke und lagerten sie in den Bauernhäusern auf dem Speicher zum Trocknen, bis sie zur Mühle gebracht oder verkauft wurden. Größere Getreidehaufen mussten auf dem Speicher dann noch ab und zu umgeschaufelt werden, damit sich kein Schimmel bildete. Ab dem Frühjahr 1946 wurden die Felder dann wieder regelmäßig bestellt. Auch dabei war in vielen Familien, wo die Männer fehlten, noch Hilfe nötig.

Nicht erlaubte Selbsthilfe

Schon in den beiden letzten Kriegsjahren war die Jagd in den Eifelrevieren nicht mehr im notwendigen Maße ausgeübt worden, sodass ein überhöhter Wildbestand vorhanden war. Nach Kriegsende ging die Jagd- und Fischereihoheit auf die Besatzungsmächte über. Aber auch diese übten die Jagd nur als Hobby aus, sodass es kein Wunder war, dass die Wildschäden an der Frucht und den Feldfrüchten überhandnahmen. Vor allem die Wildschweine, aber auch das Rotwild richteten in den Getreide- und

Kartoffelfeldern große Schäden an, sodass in manchen Fällen kaum noch etwas geerntet werden konnte. Beim Getreide waren Weizen und Haferfelder am meisten betroffen. Alle erlaubten Mittel, wie das Aufstellen von Wildscheuchen oder die Verstänkerung der Felder brachten kaum Erfolg. Selbst als die Männer des Dorfes verpflichtet wurden, abwechselnd des Nachts mit der handbedienten Feuerwehrsirene über die Feldflur zu gehen und damit Lärm zu machen, trat kaum Besserung ein.

Selbsthilfe war also angesagt. Obwohl es mit großem Risiko verbunden war und harte Strafen angedroht wurden, versuchten wir jungen Männer nun selbst etwas zu tun. An Waffen fehlte es uns nicht. Die deutsche Wehrmacht hatte bei ihrem Rückzug allerhand Waffen zurückgelassen, die unsere jüngeren Brüder versteckt hatten. Da wir die Feldflur und die angrenzenden Wälder bestens kannten, fiel es uns nicht schwer den Versuch zu unternehmen. In auch nur einigermaßen mondhellen Nächten wurden die besten bekannten Wildwechsel besetzt. Aber auch an den Wochenenden, wenn wir davon ausgehen konnten, dass keiner der Besatzer in der Nähe war, wurde im Wald versucht, Wild zu erlegen. Alles musste natürlich mit äußerster Vorsicht und streng geheim ablaufen. Nur die direkt Beteiligten wussten Bescheid, nicht einmal die übrigen Mitglieder der eigenen Familie waren eingeweiht. Mit den jungen Männern der Nachbargemeinden wurden die Einsätze abgesprochen, damit man sich nicht gegenseitig in Gehege kam. Manches Stück Wild kam so zur Strecke und konnte nicht mehr zu Schaden gehen. Das erbeutete Wildbret wurde aufgeteilt und gerne genommen, denn auch die Selbstversorger waren mit Fleisch ziemlich knapp gehalten. Trotz aller Vorsicht kam es manchmal zu recht kritischen Situationen. Während in der Nachbargemeinde einige junge Männer erwischt und ein paar Wochen eingesperrt wurden, ging bei uns alles gut.

Einen Einsatz, bei dem ein Unbeteiligter für das Verbotene, was wir taten, büßen musste, will ich hier erzählen. Zu zweit hatten wir uns an einem Samstagnachmittag zu einem Wildschadensverhütungsgang – so nannten wir das, um das schlechte Gewissen zu beruhigen – verabredet. Auf getrennten Wegen verließen wir ganz unauffällig unser Dorf. Am vereinbarten Ort, schon im Wald, trafen wir uns. In einer bürstendichten Dickung in der Nähe hatten wir unser Handwerkszeug, gut eingeölt und trocken verpackt, versteckt. Nachdem wir uns vergewissert hatten, dass niemand in der Nähe war, holten wir die Waffen, zwei Karabiner (K98 mit Munition), wischten sie trocken und machten uns auf den Weg. Unser Ziel war ein Hochsitz, der in der Nähe eines von Rot- und Schwarzwild stark belaufenen Wechsels stand. Nach einer kurzen Wegstrecke, wir waren schon im Gemeindewald, hörten wir plötzlich Axtschläge. Einer von uns übernahm nun beide Waffen, der andere näherte sich vorsichtig der Arbeitsstelle, achtete aber darauf, selbst nicht gesehen zu werden. Beruhigt kam er zurück und sagte, es sei der Dorfschuster, der seinen ersteigerten Reiserschlag aufarbeitete.

Ohne weitere Störung erreichten wir den gesuchten Hochsitz. Nachdem wir uns nochmal das Umfeld genau angesehen, dabei auch den schnellsten Fluchtweg für den Fall einer Störung festgelegt hatten, bestiegen wir den Hochsitz. In einer wenige Meter hinter dem Sitz beginnenden Fichtendickung hätte man bei Gefahr schnell und ungesehen verschwinden können. Der Sitz bot ausreichend Platz für zwei Personen, hatte ein Dach, war rundum mit Brettern verkleidet, war aber ohne Tür. Auf der rechten, linken und der Rückseite waren in der richtigen Höhe ausreichend große Öffnungen, aus denen man im Sitzen bequem beobachten und auch schießen konnte. Oben angekommen und warm angezogen richteten wir uns für einen längeren Ansitz ein. Die vor uns liegende Schneise und der offene Wald links und rechts davon waren gut einzusehen. Der nächste befahrbare Weg war über einhundert Meter von unserem Sitz entfernt und ziemlich weit bis zu einer Kurve gut einzusehen. Von diesem Weg führte ein Pirschpfad, der allerdings nicht geräumt war, durch eine Buchen- Naturverjüngung zu unserem Sitz. Das Wetter war klar und der Wind stand gut.

Da es einen Tag vor Vollmond war, wollten wir etwas länger ansitzen, weil man auch bei Mondlicht auf der Schneise noch sicher hätte schießen können. Wir hatten wohl eine halbe Stunde, uns leise unterhaltend gesessen, als wir in der Ferne Motorgeräusche hörten, die immer näher kamen. Als das Fahrzeug nach wenigen Minuten in Anblick kam, sahen wir, dass es sich um einen französischen Militärjeep handelte, der mit zwei Personen besetzt war. Zunächst hieß es nun abzuwarten, denn noch wussten wir nicht, ob sie nur eine Rundfahrt machten oder vielleicht auf unseren Sitz wollten. Tief geduckt, um nicht gesehen zu werden, beobachteten wir weiter. Vorsichthalber hielten wir unsere Sachen griffbereit, um wenn nötig schnell verschwinden zu können. Als sie anhielten sahen wir, dass sie sich jagdlich ausrüsteten. Nun war es Zeit für uns zu verschwinden. Als die beiden Franzosen nun für kurze Zeit durch die Laubholzdickung außer Sicht waren, verließen wir eiligst unseren Sitz, was natürlich nicht vollständig lautlos möglich war. Mit unseren Utensilien sprangen wir einer nach dem anderen aus halber Höhe von der Leiter und waren Sekunden später in der angrenzenden Fichtendickung verschwunden. Sehen konnten uns die beiden nicht, wohl aber die Geräusche hören, die wir bei unserer Flucht machten. Lautes Rufen in französischer Sprache, was wohl „Halt, Halt!" bedeuten sollte, überhörten wir. Nachdem wir genug Abstand hatten, blieben wir stehen und lauschten. Wir hörten, dass sich die Franzosen aufgeregt unterhielten. In die Dickung gefolgt waren sie uns nicht. Minuten später wurde bereits der Motor des Jeeps gestartet und das Fahrzeug entfernte sich in flotter Fahrt in die Richtung, aus der es gekommen war. Ob sie vorhatten den Revierteil zu umfahren, um uns dort abzufangen, wussten wir nicht.

Wir machten uns auch deshalb keine Sorgen, auch mit ihrem Jeep hatten sie jetzt keine Chance mehr, uns zu fangen. Wir kannten das Gelände und jeden Weg und Steg in diesem Revierteil. Zunächst mussten wir nun unsere Waffen loswerden. An verschiedenen Stellen wurden diese dann sicher versteckt. Erst als es schon stark dämmrig war, machten wir uns auf den Heimweg. Bis in die Nähe des Dorfes gingen wir noch gemeinsam, trennten uns dann und kamen aus verschiedenen Richtungen ins Dorf zurück, denn es sollte uns niemand zusammen sehen und vielleicht auf dumme Gedanken kommen. Die beiden Franzosen trafen auf ihrer Suchfahrt auf den Dorfschuster, der soeben seine Arbeit beendet hatte und sich auf den Heimweg machen wollte. Sie befragten ihn, da sie der Meinung waren, er müsse uns auf dem Hinweg gesehen haben. Auch nach Drohungen und einer Tracht Prügel konnte er ihnen keine Namen nennen, denn er hatte uns ja nicht gesehen.

Als ich später nach Hause kam, hatte der Schuster schon überall von seinen Prügeln erzählt und fragte nach, wer von den jungen Männern im Wald gewesen sei. Aber es hatte uns niemand zusammen gesehen. Unsere Vorsicht war also nicht unbegründet. Es tat uns Leid für die Prügel, die der alte Mann bezogen hatte, doch das war nicht mehr zu ändern.

Aber auch unsere verbotenen Jagdeinsätze konnten die Wildschäden nicht wesentlich minimieren. Etwa ab Winter 1947/48 richteten die Besatzer sogenannte Jagdkommandos aus deutschen Jägern ein. Zuverlässige, nicht nationalsozialistisch vorbelastete, erfahrene Jäger wurden mit Waffen ausgerüstet und hatten die Aufgabe, den überhöhten Wildbestand – vor allem das Schwarzwild – zu bejagen. Ihnen wurden, je nach Revier, ortskundige einheimische Männer als Treiber zugeteilt. Bei dieser Art der Jagdausübung konnten viele Schwarzkittel erlegt werden, sodass es sich stellenweise im nächsten Frühjahr beim Wildschaden schon bemerkbar machte. Das erlegte Wild wurde überwiegend nach Luxemburg und Frankreich gebracht. Bei gutem Erfolg einer Jagd durften sich die Jäger und Treiber auch ab und zu ein Stück Wild teilen. Gelegentlich wurde, wenn Wildbret gebraucht wurde, von dem einen oder anderen Jäger auch schon mal ein Stück als gefehlt gemeldet und dann abends für den Eigenbedarf geborgen. Diese Jagden leitete in der Regel ein Angehöriger der Besatzungsmacht.

Nachdem die Luxemburger Armee einen Teil der französischen Zone verwaltete, wurden von diesen ebenfalls manchmal Treibjagden durchgeführt. Zu einer dieser Jagden wurde ich auch einmal als Treiber verpflichtet. Von der Luxemburger Kommandantur in Kyllburg wurden die Ortsbürgermeister von St Thomas, Zendscheid und Usch aufgefordert, je fünf Mann als Treiber für eine Jagd zu bestimmen. Da ich an dem betreffenden Samstag frei hatte, wurden ich und vier weitere junge Männer unseres Dorfes als Treiber bestimmt. Die Jagd sollte im Johanniswald, einem privaten Waldbereich in der Nähe von Zendscheid, und im Gemeindewald stattfinden. Treffpunkt war um elf Uhr in der Nähe unseres Dorfes. Als sich mindestens eine halbe Stunde später alle eingefunden hatten, bestand die Jagdgesellschaft aus fünfunddreißig Personen, zwanzig Schützen und fünfzehn Treibern. Die Schützen waren überwiegend Angehörige der Luxemburger und der Französischen Armee. Nur fünf Jäger waren in Zivilkleidung dabei. Sie waren überwiegend mit Jagdgewehren ausgerüstet, nur zwei Soldaten trugen K98 Karabiner. Sprachschwierigkeiten gab es keine, denn wir Eifeler verstanden alle das Luxemburger Platt. Es sollten drei größere Dickungen gedrückt werden.

Schon bei der Einweisung der Jäger und Treiber stellten wir fest, dass die Jagd nicht gut vorbereitet war. Die Schützen wurden von zwei Luxemburger Jägern um die etwa drei Hektar große Dickung angestellt. Zur vereinbarten Zeit gingen wir Treiber mit „Hopp, Hopp!“ und „Jo, Jo!“ los. Es dauerte auch nicht lange, bis die ersten Schüsse fielen. Das Treiben dauerte eine knappe Stunde, ein Stück Rehwild kam zur Strecke. Sauen und Rotwild waren nicht im Treiben. Nach dem Sammeln ging es dann zum zweiten Treiben, einer wesentlich größeren Fläche, zum Teil Hochwald mit einigen kleineren

Dickungen. Einige Schützen wurden entlang des Fischbaches im Wiesental angestellt. Getrieben wurde entlang des Hanges in nordöstlicher Richtung. Auch in diesem Treiben fielen wieder einige Schüsse, es kam aber kein Wild zur Strecke. Beim Sammeln danach war auch einer der Treiber bewaffnet. Er kam stolz aus einer Fichtendickung und übergab einem der Luxemburger Jäger einen Karabiner K98, der gut eingeölt und sauber verpackt in einer Segeltuchtasche an einer Fichte in der Dickung gehangen hatte. Damals hätten wir anderen Treiber ihm am liebsten einen kräftigen Fußtritt in den Hinteren verpasst. Nun begann unter den Jägern ein längeres Palaver in französischer Sprache, bis sich einer der Luxemburger an uns wandte und in voller Überzeugung sagte: „Et greet selewen ken Preis me eng Flint and Grab.“ (Es bekommt nie mehr ein Deutscher eine Flinte in die Hand.) Diese Aussage gefiel uns deutschen Treibern natürlich nicht. Trotzdem musste man Verständnis dafür haben, denn die Luxemburger Bevölkerung hat während der Nazizeit und den mehrmaligen Kriegserlebnissen viel erdulden müssen.

Nun ging es noch zum letzten Treiben, einer Dickung auf dem Plateau, angrenzend an den Steinborner Gemeindewald. Auch hier fielen noch ein paar Schüsse auf Rehwild – ohne Erfolg. Rot- oder Schwarzwild kam hier ebenfalls nicht vor. Der Jagderfolg war gemessen am Aufwand sehr bescheiden. Nachdem die Jagdhoheit mit der Gründung der ersten demokratischen Bundesrepublik 1949 wieder auf Deutschland überging, hörte auch die Selbstbedienung auf, die bis dahin in der Eifel von vielen jungen Männern unter dem Deckmantel der Wildschadenverhütung betrieben wurde.

Hamster- und Schmuggelzeit

Schon in den letzten Kriegsjahren, aber auch in der ersten Nachkriegszeit, war die Versorgung, vor allem die der Stadtbevölkerung, mit Lebensmitteln sehr bescheiden. Während bei uns auf dem Lande die meisten Familien die Möglichkeit hatten, sich entweder durch eigenen Anbau oder durch Mithilfe bei Landwirten zusätzliche Lebensmittel zu beschaffen, war die Stadtbevölkerung nur auf die Zuteilung auf die Lebensmittelkarten angewiesen. Es kam auch nicht selten vor, dass die Lebensmittel, die man auf Karten kaufen konnte, in den Geschäften nicht vorrätig waren. Ohnehin war die Zuteilung auf die Lebensmittelkarten wie man im Volksmund sagte, zum Leben zu wenig, zum Sterben zu viel.

Es war deshalb kein Wunder, dass die Stadtbevölkerung versuchte, sich im ländlichen Umland zusätzliche Lebensmittel zu besorgen. In der ersten Nachkriegszeit konnten sie ihr Glück wegen fehlender Verkehrsmittel nur zu Fuß oder mit Fahrrad im Stadtnahen Umland versuchen. Als dann Ende 1946 die Eifeleisenbahn ihren Betrieb wieder aufnahm, verging kaum ein Tag, an dem nicht eine Menge Leute aus dem Köln-Düsseldorfer Raum in die Eifel kamen, um sich zusätzliche Lebensmittel zu besorgen. Diese Leute hatten fast alle genug Geld, konnten aber für die Reichsmark lediglich nur das kaufen, was ihnen auf ihre Lebensmittelkarten zustand.

Für die Reichsmark verkaufte ihnen auch in der Eifel kaum jemand etwas. Sie versuchten nun alle möglichen Sachen gegen Lebensmittel einzutauschen. Schmuck, Kleidung, Wäsche, Porzellan, Bestecke, Stoffe, alles, was irgendwie entbehrlich war, wurde mit in die Eifel gebracht und gegen Lebensmittel eingetauscht. Fleisch, Eier, Speck, Butter, Mehl, aber auch Kartoffeln waren gesuchte Tauschobjekte. Zunächst wurden natürlich die Dörfer besucht, die einen Bahnhof hatten. Später nahmen die Städter aber auch weite Fußmärsche in Kauf, um die weit abgelegenen Dörfer aufzusuchen. Bald hatten sie einen Blick dafür, in welchen Häusern es sich lohnte vorzusprechen. Vor oder neben den Bauernhäusern in der Eifel war in dieser Zeit noch überall ein Misthaufen, wo der Stallmist gelagert wurde. Auch angebaute Scheunen oder Geräteschuppen wiesen die landwirtschaftlichen Betriebe aus, in denen es sich lohnte, einen Tauschhandel zu versuchen.

Diese Leute, die manchmal ihre letzten Wertsachen zum Tausch gegen Lebensmittel anboten und dabei noch weite Fußmärsche auf sich nahmen, taten mir immer leid. Im Grenzbereich der Zonengrenze zwischen der englischen und der französischen Zone, also zwischen Euskirchen und Jünkerath, wurden in dieser Zeit in den Personenzügen häufig Kontrollen durch die französische Gendarmerie oder den deutschen Zoll durchgeführt. Dabei kam es nicht selten vor, dass die gehamsterten Sachen beschlagnahmt wurden.

Schmuggel zwischen den einzelnen Zonen, aber auch zu den Nachbarländern war verboten. Schon bald nach Ende des zweiten Weltkrieges konnte man in Luxemburg und Belgien alle Lebensmittel, aber auch Bohnenkaffee und Tabakwaren kaufen. Es entwickelte sich im Grenzbereich zu diesen Ländern schon bald ein reger Schwarzhandel. Da die Grenze schon damals neben der französischen Gendarmerie von der deutschen Grenzpolizei bewacht wurde, war dies mit einigem Risiko verbunden. Die Ausrüstung der deutschen Grenzpolizei war in dieser Zeit noch sehr bescheiden. Die Grenzer machten ihre Kontrollen bei Tag und auch bei Nacht zu Fuß oder mit dem Fahrrad und waren mit einem Militärkarabiner bewaffnet.

Um erfolgreich und ohne großes Risiko schmuggeln zu können, brauchte man zwei Anlaufstellen – eine diesseits und eine jenseits der Grenze. Da die erste Wegstrecke bis zu einem Dorf in unmittelbarer Grenznähe mit dem Fahrrad zurückgelegt werden musste, brauchte man dort eine Möglichkeit, dies dort sicher abzustellen, denn Fahrräder waren damals noch sehr begehrte Beförderungsmittel. Von den Leuten dort erfuhr man auch, wann und in welchem Rhythmus dort Kontrollgänge der Grenzschützer stattfanden. Die letzte Wegstrecke und der Grenzübergang abseits eines offiziellen Übergangs wurden bei Dunkelheit und zu Fuß gemacht. Die Tauschstellen, in der Regel kleinere Läden in grenznahen Dörfern der Gegenseite, mussten ebenfalls unterrichtet sein. Die großen Rucksäcke der Schmuggler waren auf der Hinreise meistens mit Butter, Schinken, Speck oder Eiern beladen. Auf der Rückreise waren sie dann etwas leichter, denn Bohnenkaffee, Zigaretten und Tabak wogen nicht viel. Für die Deutsche Reichsmark konnte man damals dort nur selten etwas kaufen, wenn dann aber nur für stark überhöhte Preise.

Die Schmuggeltätigkeit im grenznahen Raum wurde noch bis zur Einführung der Deutschen Mark in den drei westlichen Besatzungszonen am 20. Juni 1948 betrieben, war danach aber kaum noch lohnend. Vereinzelt werden auch heute noch vor allem Zigaretten und Kaffee in Luxemburg gekauft, weil es dort noch wesentlich billiger ist.

Schlussbetrachtungen

Ich schreibe diese Erinnerungen **nicht** etwa, weil ich stolz bin auf das, wir damals taten, nein, sie sollen Erinnerung und Mahnung sein, um vor allem jungen Menschen aufzuzeigen, dass Friede und Freiheit wertvolle Güter sind, die zu verteidigen es sich lohnt.

Wenn ich über die seitdem vergangenen 72 Jahre nachdenke, so kann ich mir die Bilder von damals, als wir die englischen Lastwagen in Köln verließen und die Bilder, die wir auf der Heimreise sahen, kaum noch vorstellen. Wenn ich mit jungen Leuten einmal über diese Zeit spreche, ernte ich manchmal nur ungläubige Blicke. Unsere damals landschaftlich auch schon wunderschöne Eifel wurde das Armenhaus Deutschlands genannt und war es auch. Unsere Eifelheimat hat sich seitdem zu einer der schönsten und liebenswertesten Regionen unseres Vaterlandes gemausert, wo viele In- und Ausländer gerne Erholung suchen und ihre Freizeit verbringen. Moderne

Mittelzentren und schöne Kleinstädte, die fast alle sportlichen und kulturellen Möglichkeiten bieten, umgeben von sauberen Dörfern, überwiegend mit großen Neubaugebieten, fügen sich harmonisch in die hügelige Landschaft ein und sind durch intakte Straßen gut vernetzt und an Fernstraßen angebunden. Hier wohnen und arbeiten freundliche, ehrliche und arbeitsame, fleißige Menschen, die es bis heute zu einem gewissen Wohlstand gebracht haben. Vom Armenhaus der Nation kann nicht mehr die Rede sein.

Aber nicht nur unsere Eifel hat sich nach den schlimmen Jahren der Nazi-Herrschaft und dem von diesen verantwortungslosen Machthabern begonnenen Zweiten Weltkrieg grundlegend gewandelt. Auf dem Boden unseres Grundgesetzes hat sich unser Land zu einer offenen, freiheitlichen Demokratie gewandelt, die von verantwortungsbewussten Politikern von Adenauer bis Merkel geleitet wurde. Unter ihrer Führung hat sich unser Deutschland zu einem der wohlhabendsten, liebens- und lebenswertesten

Land Europas, wenn nicht der Welt entwickelt, das auch in vielen Teilen der Welt humanitäre und friedenserhaltende Leistungen erbringt. Zu dem heutigen Wohlstand unseres Landes haben, bis auf ganz wenige Ausnahmen, aber alle Bürger beigetragen, jeder nach seiner Möglichkeit. Es ist daher Anlass darüber nachzudenken, dass zehn bis zwanzig Prozent unserer Bürger mehr Vermögen besitzen als die restlichen achtzig bis neunzig Prozent. Ungerechtigkeit, Neid und Missgunst sind keine guten Nährböden für ein friedliches Zusammenleben. Es ist daher nicht verwunderlich, dass immer mehr, auch junge Leute, linken oder rechten Rattenfängern nachlaufen, die ihnen versprechen, dies zu ändern.

Wehret den Anfängen!

Gott schütze unser schönes Vaterland!